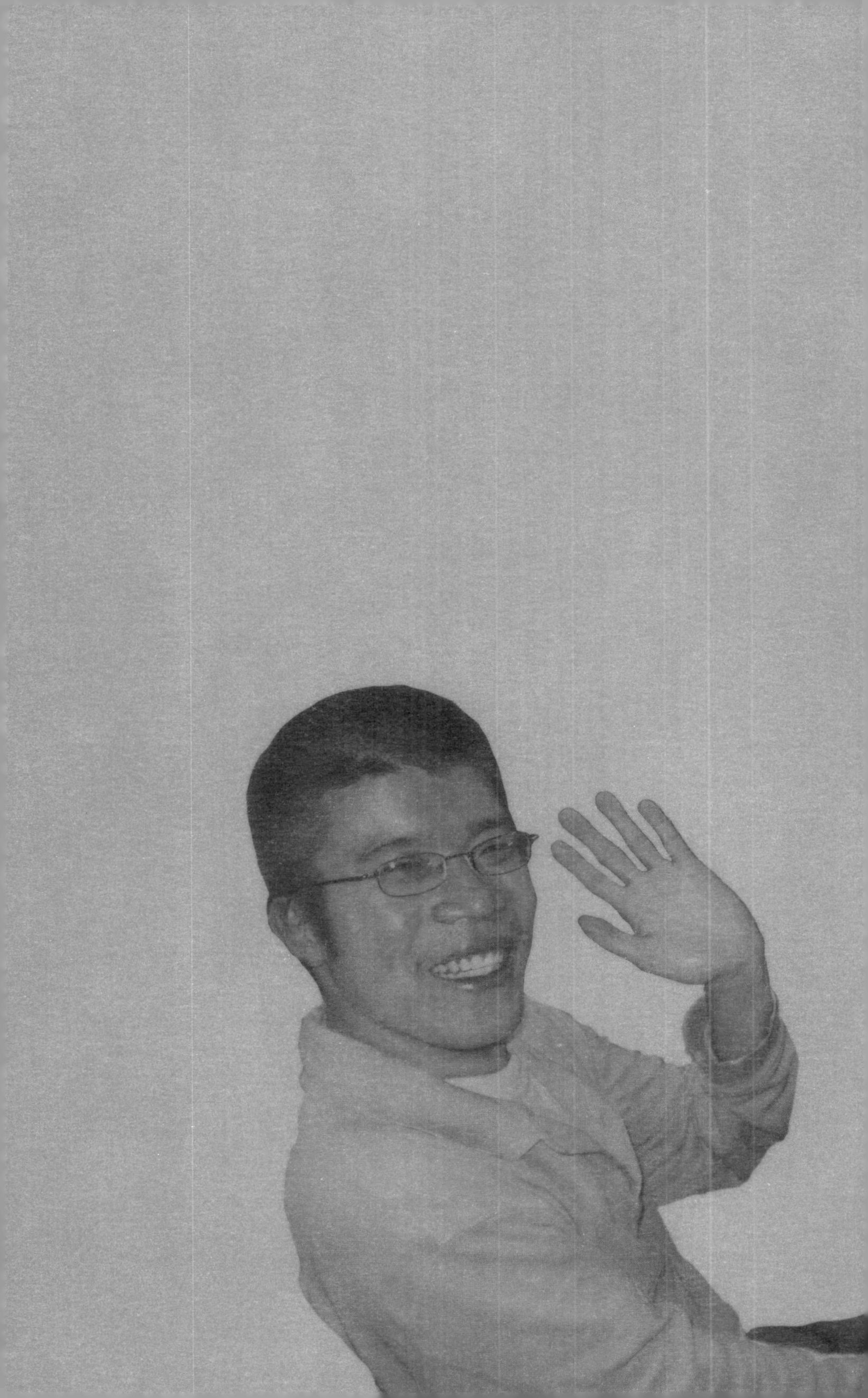

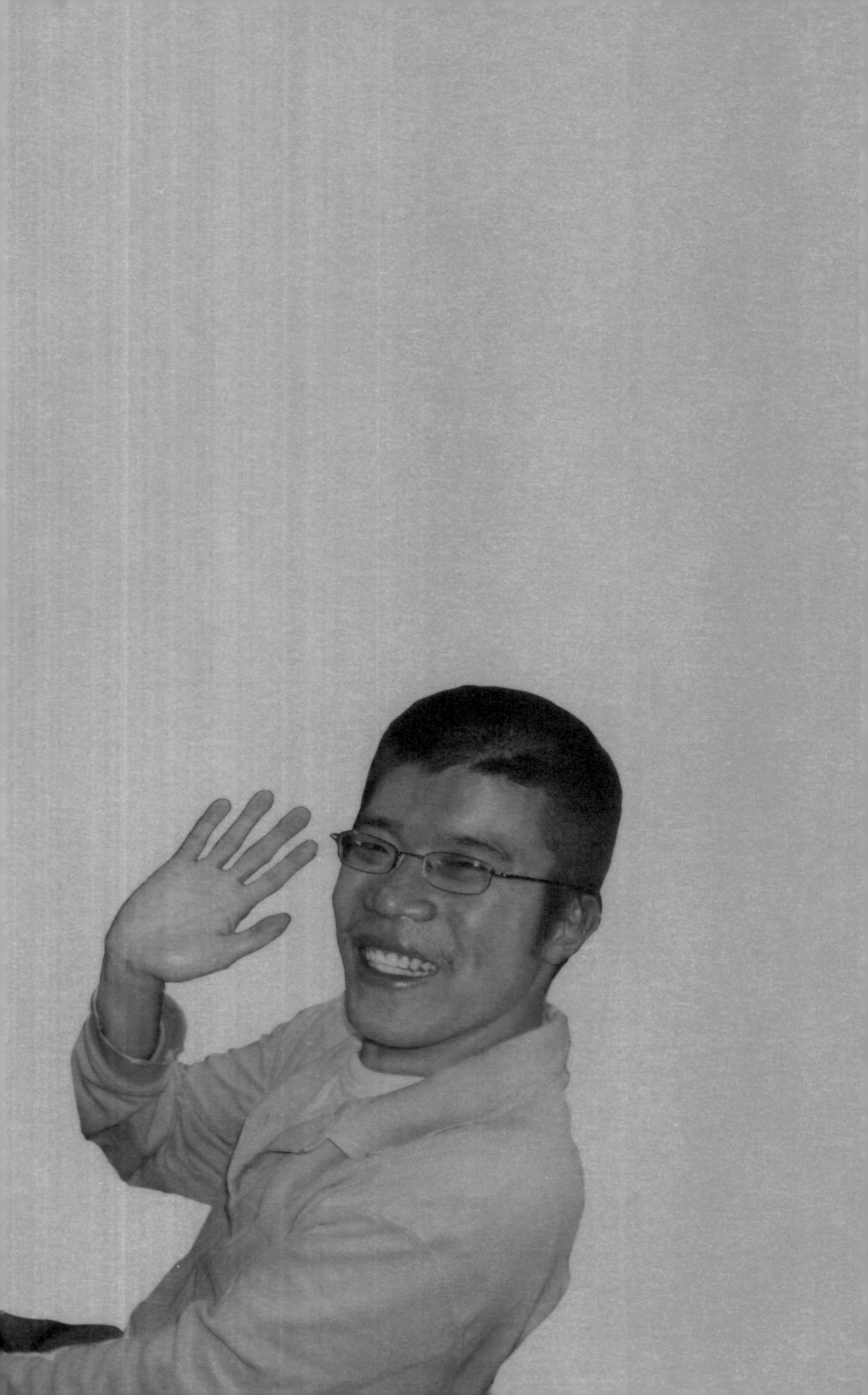

跟着康培混世界

杨道立 著

Be Joyful，开心地活，舒服地死。
Comfortable with
Death

大连出版社
DALIAN PUBLISHING HOUSE

图书在版编目（CIP）数据

跟着康培混世界 / 杨道立著. —大连：大连出版社，2016.3（2016.5重印）
ISBN 978-7-5505-1024-1

Ⅰ. ①跟… Ⅱ. ①杨… Ⅲ. ①纪实文学－中国－当代
Ⅳ. ①I25

中国版本图书馆CIP数据核字(2016)第053329号

跟着康培混世界 GENZHE KANGPEI HUN SHIJIE

出 版 人：刘明辉
策划编辑：卢　锋
责任编辑：张　斌
助理编辑：姜　晨
速　　写：张家瑞
封面设计：张家瑞　盛　泉
版式设计：盛　泉
责任校对：檀　月
责任印制：阎　骋

出版发行者：大连出版社
　　地址：大连市西岗区长白街10号
　　邮编：116011
　　电话：（0411）83621049/83620941
　　传真：（0411）83610391
　　网址：http://www.dlmpm.com
　　邮箱：lf@dlmpm.com
印 刷 者：大连图腾彩色印刷有限公司
经 销 者：各地新华书店

幅面尺寸：150mm×230mm
印　　张：19.5
字　　数：237千字
出版时间：2016年3月第1版
印刷时间：2016年5月第2次印刷
书　　号：ISBN 978-7-5505-1024-1
定　　价：39.00元

代序

怎一个“混”字了得

蒋子龙

一对杰出的夫妇生了两个儿子，“一个是天才，一个是奇迹”。

现代商品社会对天才并不陌生，出生即是神童，然后一路跳级，长大后成为“美国主流社会的成功人士”，这也是全世界都熟悉的“比尔·盖茨模式”，无须多说。我感兴趣的是第二个孩子是怎样成为“奇迹”的。其名康培，一生下来便“没有肺大动脉，没有右肺……是最严重的法洛四联症”。医生说，这种病人在医学史上最多只能活到两岁。康培随即遇到他的第一位“守护天使”，竟活到了12岁，脊椎做了一个大手术后，差不多又维持了十来年基本正常的状态。

不知是一种诅咒，还是纯属巧合，美国“9·11”事件后（他的家就在纽约世贸中心附近），康培每况愈下，“毛发一天比一天干燥，头皮形成块，一碰连着头发掉落，皮肤瘙痒，指甲发蓝，吞咽困难，四肢无力，差不多就是一具僵尸，他自己也一心想死”。其父带着他逃离纽约城住到乡村，此时又一位年轻的“护理天使”出现，“给了他第八条生命”。如今，一个在医学史上找不到治愈先例的法洛四联症患者，已经38岁，尽管“手只有十几岁少年般大小，双腿细而弯，难以支撑身体”，却已经出版了9本科幻小说。

2015年9月，康培“咳血，喉咙里还咳出块东西”，这对像他这样的病人来说是最可怕的信号，他感觉自己“生命之秋真的到了”。于是他将已经具备美国法律效力的遗嘱悬于墙上：“请不要抢救我！”甚至连自己的《奠仪纪念册》都已准备好了。他相信有来世，并跟父亲商量好，死后将骨灰埋在乡间别墅四周的森林里……

很显然，这不是个寻常意义上被死神追逐的人。

于是，他的父亲康海山想请人给儿子写本书，让他“能够看到生命最后的灿烂”。他通过朋友介绍找到了杨道立，理由简单而虔诚：从网上看到杨道立的照片像菩萨。康培本人就是作家，别人写出怎样的文字才能让这个奇特的生命发出“最后的灿烂”？哪位作家该有怎样的勇气才敢承担这样的任务？然而杨道立经过考虑，欣然地接受了这个挑战：“一个全新的题目，能让自己感觉脑子没有退化，精神还在生长。”这真是个聪明的理由。

不能不说，康海山选择杨道立真是找对了人。她确是那种到哪里都能“留下满屋芬芳的女人”，大连人称她是“一个美丽的传奇”。但，杨道立身姿娇巧却隐藏着巨大的能量，仪态优雅精致骨子里却极富冒险精神，几十年前中国第一张声名远播的城市名片“大连国际服装节”，便出自她的创意，并身兼总策划和总导演，连做八届，等到已轻车熟路时，不再具挑战意义，便将成熟的桃子拱手相让，逸然抽身而去。中国电影金鸡奖和百花奖，中国航海日、世界海洋日等国家级大型盛典，她也被召去担纲执委、导演或就任专家组组长。当她觉得导戏总归是一种“演出”，不如索性去导“真”的，竟去当了职业经理人，后来做到了一家大型集团公司的行政总裁。当她那满脑子精灵古怪的思想因外部环境的局限不得全部施展时，就诉诸笔墨，全身心投入写作，追求思想的自由驰骋，以广受好评的《一个节日和一座城市》一书，确立了她的文学声名……这样一个“文化多面手”，会怎样表述“康氏奇迹”呢？

我怀着先睹为快的好奇心，在2016年春节外出期间读这部书稿——《跟着康培混世界》。明明是一个真实的故事，不仅对康家的生活有全景的纵深的展示，甚至真实到每个人的灵魂，严肃而诚挚，却取了这么一个嬉皮士式的书名。或许是为冲淡康培命运中沉郁的基调，其实又怎一个“混”字了得！

看似拉拉杂杂、家长里短，却时有惊人意象如珍珠般跳出来，通篇灵气漫溢、泼洒妙思隽语；一贯的女才子气十足，实则下笔如走钢丝，分寸拿捏得老到而精准。因为稍有不慎，轻则会伤害“奇迹”及呵护“奇迹”的人，重则会将一桩佳事变成错误，乃至灾难。因为主人公康培患有四种心脏病，“绝对不能激动”。不激动又如何“倾诉他澎湃的心”？人人都在故事中，已经进入自己的角色又如何能不动情？

杨道立到底是“国家一级导演”，熟练地调动一切手段，或满天撒网，广种薄收；或化整为零，层层铺垫；或旁征博引，虚实结合；或见好就收，张弛有度；或讲到紧要关头，插科打诨，转换气氛……她用了近一个月的时间，以康培为中心将有关的一干人等“混”成一个“心往一处想，劲往一处使”的高效率团队。每个人都被写得真实可信、气韵生动，不回避命运的成全与局限、性格中的明与暗，尽可能深刻展现他们心性的丰富。这些人都亲历“康培奇迹”形成的过程，最后像众星捧月般完成了对这一“奇迹”的见证。准确而传神地写好康家里外这个群体，是此书成功的基础，“奇迹”的产生不仅令人信服，而且是一件水到渠成、自然而然的事情。

作者用妙笔，自始至终地牵着“奇迹”中的灵魂人物康海山。他对儿子的爱，“深沉而提着小心”，却悲欢不惊，感应日月，几十年下来身上反而有了一种无论成败都扭曲不了的单纯和厚实的亲和力，大山崩于前，也能“平静接受”。正因为有他，参与成全和维护“奇迹”的各色人等才开始有序地出现。而写好这个人最见功力，“温文尔雅，勤恳做事”容易写得枯燥沉闷，作者通过一些小的细节竟从容写出了深度和境界，智趣盎然。包括对康母邹陵的描述，笔风清丽、坦直，性格跃然而出，也是书中的成功笔墨。

写一些外姓“护命天使”，杨道立反而用辣笔。浓烈的重彩，火辣的赤诚，以突显康培生命中匪夷所思的“奇缘”。“召之即来”的沈太太，接过了在襁褓中被判“死刑”的康培，每一分钟都紧紧抱着他，不让任何一个人说出对孩子不祥的话，其口头禅是：“康培将来一定有出息！”原来是由她最先宣布了“奇迹”的诞生。她就是抱着这个信念，把能想到的天下好东西都做给康培吃，一盎司一盎司地陪着孩子长大长高，“让他领略只有母爱才能够企及的宽厚、温暖、细腻”，开悟了康培的灵性。几年后，沈太太交给康家一个差不多属于正常的孩子，突破了医学史的诅咒，“奇迹”初露端倪。

康培将自己生命中最重要的人列了一个名单，男人9名，女子9名，沈太太在女性名单中排在第二位。排第三位的是年轻的浙江女子张静丽，康家人都亲昵地称呼她“丽丽”。在康培第二次陷于死神之手时，她不请自到，为了答谢康海山曾经对自己的帮助。她将全身脱屑的康培整夜整夜搂在怀里，一遍遍给他讲即兴编创的中国版《一千零一夜》，用从家乡学到的厨艺，做成让“僵尸”吃不够的佳肴美味，集“看护、姐姐、母亲、厨娘、卫士、女友等多重身份于一身，又做到极致，其女性的美，由内而外，闪闪发光”。

如果说这些热辣辣滚烫的语言，表达了世间一种美好情感对灵魂的熔铸，那么作者用冷峻、客观的铁笔，通过“外婆”传导出另一类情感“怨恨”，却是对康培灵魂的淬火。外婆出身名门，民国时期曾就读于清华大学，婚姻的失败或天性抑郁，经年累月沉淀为解不开的仇恨和愤懑，其负面情绪笼罩着家里的全部空间，甚至在夜间也会发出惊人的斥骂，折磨着家人又置自己于万劫不复。“像婆婆那样”——成为康家人的一个咒语。康培却说：“感谢婆婆，是她让我坚定地采用现在的方式生活，不用自己的不快乐去伤害别人，不依赖所谓现代医疗苟延残喘。”“对生命最大的尊重，就是要开心地活，舒服地死。”

如此这般，作者决不回避生活的严酷，只有这样产生的“奇迹”才是坚实的、可信的。包括对康培本人，他曾就读过的恩典学校的校长说他“是个愤怒的孩子”。当他由“僵尸”复活后，丽丽用话激他，说他不缺胳膊不缺腿，跟正常人没有两样，就该做个真正的男人。有一次他却“像疯子一样”大骂丽丽一年才来一两次的儿子，暴露了正常男人的狭隘和妒忌，对康培来说，这却是一种健康和强大。这样一个粗砺、诚朴的灵魂，可塑性很大，也才会有后面惊人的修为。

或是天赋使然，或是缘分奇佳，康培随之结交了一些根基深厚的智者。至此，成就“康培奇迹”最重要的两大要素都具备了：身体上的保健和精神上的提升。书中犹如神来之笔写到康培的精神渐渐强大起来，有了一种特殊的“尊严与力量”，开始在意朋友，不只是接受帮助，也会不顾一切去帮助别人，甚至让人觉得很难找到如他这般忠诚的朋友。明明是丽丽帮了康家大忙，她自己却说是他们“改变了我一辈子”，康家父子是自己的“贵人”。

康培的身体尽管“时时刻刻都在疼痛之中”，整个人却变得独立、饱满，常常开怀大笑，充满想象，乐于助人，还成为一些求助者的“精神导师”，为那些素昧平生的人提供人生的建议。“他觉得重要的事情，自我标准很高，道德标准很高。他从来不需要别人见证，自己有评价，要自己对自己满意。”一位佛界中人甚至称康培“是个老灵魂”。

这是此书最精彩的地方。对“康培奇迹”的形成及剖析令人心折，没有使一个温暖而睿智的故事落入残障人励志成才的套子。读到最后，我忽然有些理解作者为什么会选择这样一个书名。里里外外围绕着康培的一群人，最初是为了照看他，后来变成在精神上以他为中心，他发散着精神气质处于高端的感染力，从心里流淌出一种纯净。与他相比，其他人确是在“混世界”。

这是一本妙书，读来意趣盎然，又蕴藉无穷。遂成此文，是为序。

目录

第一天

10月27日

登机前的忐忑

下午两点，大连周水子国际机场。

坐在飞往韩国仁川的登机口，竟然没有即将漂洋过海的兴奋。

这不行。

多年前在电视台给主持人上课，我曾告诫某些自诩老辣的“腕”：正式出镜前，如果整个人心跳如常，每块肌肉都松弛着，未必能发挥好。“微微紧张，适当忐忑，会帮助肌肉和心理产生调动自我表现的冲动。”我当然明白，对创作保持约会恋人那样的热望，是专业化职业感的需要。于是，到咖啡吧，给自己点了杯热牛奶，让味蕾和肠道接受到的刺激传递到心、脑。

去纽约，做采访，写一部非虚构文学书。

题材虽然新鲜，时间却被限定了。出版也许没有问题，可激情终究不可预支。

很快生出两个担心：一、如果遇到“祥林嫂式”絮叨怎么办？数十年间，时刻面对罹患重病的孩子，那些胆战心惊，给做父母的积压了多少苦情！我会不会成为他们夫妇倾倒泪水的垃圾桶？二、倘若受访者很刻意地做身残志坚英雄状，我会不会后悔自己飞往美国采访康先生一家的决定？

我厌恶时下传染病般的形象做秀，更惧怕受到某种时尚概念的利用。如果要给一个有行为艺术之嫌的“感动××”写传，大可不必将苹果砸到我头上。

突然想再看一下康先生从美国写来的邮件。那些用一号大字敲成的自述和简介，真是非常好看的文章，包括披露三观的零星议论，我曾给过热烈回应。

也许，临行前的忙乱，将碎片式的交流冲散，很多精彩提示被我潜在的紧张稀释了。是自己吓唬自己吧？可这时候我发现，装着美国佬资讯的便携式电脑，被我塞进行李箱已经交付托运了。

广播通知 KE870 飞机客人登机。

就像在侧幕边听到开演铃的演员，没了回旋余地。于是在心里，我跟故事的主人公——康海山先生的小儿子打招呼：

嗨，康培！你在纽约还好吗？

千万里我追寻着你

从仁川转机，直飞纽约肯尼迪机场。

机舱里，人的装束和气质像去市郊。

脑海中漾起一支熟悉的旋律：

千万里我追寻着你
可是你却并不在意
你不像是在我梦里
在梦里你是我的唯一

九年前去纽约，我与普通游客一样，在时代广场、双子座废墟、联合国大厦旗杆下拍照、浏览，然后，挥挥手，不带走一片云彩，也不掸去一粒尘埃。它们，还站在淘金人和恐怖分子关注的目光里，我呢，回到万里之遥的家中，继续做我的中华人民共和国公民。从没想过，此生会和“英格力士”的纽约有什么“唯一”联系。

当张世功说，康家在华尔街有房子，“你可以住在那儿，

2006年作者在纽约华尔街。

也可以住上州的别墅”，我的感觉单纯极了：瞧，这是个圆了美国梦的人家。

康先生曾经告诉我，他太太邹陵早他十年从台湾去美国，而他，是在台湾交大毕业后，于1969年遵从父命到美利坚攻读硕士……好多地方，我们两家人有共同点，籍贯（我和他们夫妇都生在四川），年龄，家庭结构。所以我不用担心语言障碍、生活习惯。在“伊妹儿”里，康先生谈论最多的，是他的病儿子康培——一个在医学史上，找不到治愈先例的四种心脏病法洛四联症患者。

从“活不过两周岁”的诊断，到“逃离”纽约久居乡下写出九本科幻小说，康培不是寻常意义上的死神追逐者。

“能说一说38年里，他有过怎样的亲情、友情、爱情？”我向他的父亲提前索要故事线索。康先生发来一个脉络清晰的附件，五部分37章。虽是一句话目录，但已让我惊诧不已：

“9·11”预言成真，遁山逃亡，回头是岸……病人康培，在一个什么样的世界演绎他的人生？作家康培，用一个什么样的大脑承载他的灵感？

我的好奇心被一封封“伊妹儿”点燃。

此刻，机舱内灯光暗淡。邻座的韩国酷哥，也许发现自己坐在有香奈尔香水味道的女士旁边，故作绅士状地强睁双目；我解开安全带，打算为他让出入睡空间。可走到后舱尽头，一对不同肤色的情侣正在那儿神冲云霄地拥吻。

嗐，地球是平的，婚床倒立体起来了！

这会儿，只有我不合时宜啊。

可越觉得自己不对越是没有睡意。

记得龙应台说过，她上幼儿园时，穿着军人的制服、带着木制步枪，口里唱着所有台湾孩子都会唱的歌，叫作《反攻大陆去》：

反攻反攻反攻大陆去
反攻反攻反攻大陆去
大陆是我们的国土
大陆是我们的疆域

同在那个年代的我，却穿着飘有两条黑缎带子的小海军服，坐在苏军叔叔怀抱里，高声唱着别人的《祖国进行曲》：

我们的祖国多么辽阔广大
他有无数田野和森林
从来没有见过别的国家
可以这样自由呼吸

人，束在黑暗的座椅上，思绪却似锋镝飞驰。

不免再次涌上忧虑。

虽然进入21世纪的两岸同胞都在重新解读历史，然而，意识形态的持久浸淫，在我这个大陆人和康培父母之间，恐怕仍有看不见的鸿沟。

突然头疼极了！

上万米的飞行高度，13个小时的长途之旅，心里不断回响刘欢那首“千万里”，时间一分钟一分钟地流淌着煎熬。当我整整看完小荧屏上五部只有图像没有声音的电影，人已疲乏到极点。

飞机，也终于越过地球上最大的海洋。

什么也别想了，只祈望和康海山、邹陵，和他们的儿子康培，能愉快地相处吧。

开特斯拉电车的男人

本书策划人康海山先生。

夜深了，肯尼迪机场的出关档口只开了三个。

节奏好慢！

很担心主人接机的心情。我们的电话没连线，一旦失去联系，双方找起来会很麻烦。

可我们很快就认出了对方。

许是因为我刚从中国最讲究外貌和衣着的城市来，看见康先生的第一眼，对他由内而外的朴素，印象深刻。

亲切的声音，阳光般的微微笑容，康海山像朋友似的对我问候着。

精神上松弛下来，头疼的感觉立马好了许多。

可很快又弹出个问号：这也是位喜欢时髦车的都市男？

他的轿车很漂亮：干净的鸡蛋白泛着耀眼的光，流线简约，体态轻盈，是最新款的电动轿车特斯拉。在国内，轿车的名片作用长期重于功能作用——“身份的象征”，是世俗间的共识。难道眼前这位先生，也有这种爱好？

半小时车程，谈话内容当然是“康培”。大陆人唤单字名，特别是长辈称呼孩子，爱用双音。譬如提到康培，自然会称他“培培”，康先生不。“培住在乡下，明天一早我们就过去。”

因为一会儿要见到他妻子，我抓紧问道：“我怎么称呼您的太太？”印象中，台湾影视作品多半采用某太或某太太称呼那些不年轻又需要尊重的女人。

“就叫名字。”

康先生借此对可称名道姓的太太做了进一步介绍：“她是个金融家，做得很成功。在美国社会还不兴提拔女性的那会儿，就进入办公室，很快被提拔到管理层。退休前，做到了华尔街银行的高级副总裁，属于美国金融界女性50人之一。”过了一会儿，他又补充道：“也许位置更靠前一些，但我说不大清楚。”

哦，一个自豪的丈夫，一个求实的先生。

正暗自想着，车在道边停下。康先生要让我看看新的世贸中心。其实我并不特别想看那个标识美利坚国家勇气和非凡力量的自由塔，但不好拂逆主人。“去掉伸上天空亮晶晶的部分，新楼的高度没有超过原先的双子大厦。”康海山告诉我，那是为了对历史保持一点儿敬畏心。

一会儿，车就绕进一个相当于北京长安街或大连人民路那样闹中取静、有相当资历的楼群之中。

他们家，果然住在纽约市中心。

“陵，杨老师来了。”

带了钥匙的康海山，轻轻敲门。

我这辈子，和丈夫恋爱的时候，也没被如此甜蜜地称呼过，何况还有外人在场。但从到康家第一天起，我就听康先生这样叫着妻子，不管是写出文字还是背后提及，从无改口，好像那是一种情绪定格，不可破规。

不觉猜测：这个让张世功佩服得五体投地的父亲，也是个让女同胞艳羡得垂涎欲滴的模范丈夫吧。

本书主人公康培的妈妈邹陵女士。

直接受“9·11”震撼冲击的地方

娇小玲珑的邹陵，更是通体透着朴素。她五官清秀，眼睛很亮，口齿比先生来得凌厉，更有让我吃惊的北京口音。她说自己离开华语环境太早，一辈子和美国人（其实是白人圈）打交道，凡涉及现代词汇，须用英语表述才行。她很坦率地告诉我，自己的中国话不灵光。

“什么事情，都由康先生讲给你吧！”

是她特意邀请我头一夜住到纽约家里的。

虽然夫妻间商量好，由康先生全权协助我完成采访，而且我进家门时已近子夜，但我们还是“老乡见老乡”地说了些各自留在童年记忆中的四川话。

当然，我得介绍一下大连——拿出朋友特意为我准备的荣获城市纪念品大奖的贝雕果盘送主人。

礼物的交接让气氛出现瞬间尴尬。

原来，这个家，基本不摆装饰品。

那天晚上，我住在康培曾经的卧室，虽然已改作客房，清洁无可挑剔，但完全没有非功能性用品的房子，简约到极致，让我这个已然过上中产生活的都市女性稍感不适。我知道这里是受“9·11”震撼冲击的地方，那天，除了邹陵在上班路上，大儿子康容远在斯坦福读研，留在家里的康海山和康培父子，直接感受到炸声刺耳，楼房晃动。十多年过去，不知道是生活方式的原因，还是灾难留下了阴影，抑或是康培让这个家没法过得讲究，那种绝无半点儿享受和观赏气氛的家居铺陈，真是让人难以想象。

当我从堆满宣传品的书柜上，发现一面粉红色手持方镜，竟生出了几分激动。

但，就好像走进木内正夫创意的“無印良品”，因傲然于内在品质而拒绝使用任何LOGO，这个家一点儿不现穷相。不仅仅是康海山开着耀眼的新式轿车，墙上挂着奥巴马与邹陵的合影；更不仅仅是作为共和党、民主党成员，他们随意出入华尔街，比太多美国人有钱……而是极有教养的谈吐，和随意流泻的信息，让他们的精神气质处于高端。

接过邹陵倒的一杯白开水，我说，谢谢，有杯热水喝就蛮好了。

熄灯时，仍然听到邹陵在她房间打电话、敲电脑，后来还拍击身体。我感到，从小住到大的这套公寓，已经被她强大的气场，笼罩得更像一个公益机构办事处。

即使不是为了撰写一本书，单纯从了解一个人、一个家的目标出发，我以为，最好的办法之一是进入他和他们的生活空间。这里的家私、用度，这里的态度、内容，必会沁出人生观和价值观的本质。

马上就要在美国人（而不是台湾人）家里过第一夜了，我突然发现，怎么没人向我倾诉康培的病给生活带来的冲击？

上州卡茨基尔州立公园一瞥。

第二天

10 月28日

到乡下去

八点过，跟邹陵打了招呼，康先生带我乘白色轿车出发。

从世贸中心穿过整个曼哈顿，朝纽约东北方向大约行驶200公里，就是他在“伊妹儿”里多次说过的康培和他住的“乡下”。

说真的，没出纽约市区，我一点儿也不兴奋，天阴，建筑

穿越曼哈顿。

康先生曾发给我的森林秋意。

越发灰蒙蒙，显得毫无生气。我对康先生说，没觉得你们这儿比大连好多少。他说，全世界的城市都是大同小异，乡下会好一些。

自从年岁进入中年尾声，许是心中期冀能持久感受生命之美，我对树木书写的金秋有种莫名的依恋。当公路两侧出现绵延的大树画廊，胸口忽地胀满欢喜，我很不矜持地叫出声："好美，好美，怎么能这么美！"

从中国出发前，因担心我看不到最美的"乡下"景致，康先生曾给我发过他拍摄的几张森林秋意。挺棒。现在看到实景，觉得不是挺棒，而是惊艳，美到恐怖。

早就听说美国有著名的红枫长廊，不晓得是不是眼前这条绵长的州立公路，细看路旁那些树木，它们不是单一的红色，而是赤橙、金黄、浅粉、深褐、朱丹，以及火烧般坦诚出烈焰光束——各种颜色各种姿势的大树，没完没了地在眼前交替出现，倏然掠过，会让人想起每年秋季大连国际服装节的名师名模走秀。可这种自然美，远比高级时装的刻意烁美动人心魄。

康先生告诉过我，他们家那儿的森林，树木有43种之多。

枫叶上写满了灿烂。

真是丰盈！

秋风轻扬，细雨迷离，斑斓的树叶从空中飘下，好似画盘从天上倾倒油彩，一点点，一滴滴，几十里路不曾有一刻没有风景。

“这哪是行车上路，简直就是在诗海里穿行！”

我尽量让自己收拢忘形的醉态，跟康先生聊起康培。

其实，我们已经在网上聊过很多很多，昨晚临睡前，我又复习了一遍他发给我的“康培一生”——五部分37章目录。此时，康先生在我的醉态前强调的则是，这次咳血，让康培自己感觉到：生命之秋真的到了。

“我们就想给他写本书，让他能够看到生命最后的灿烂。”

9月下旬，正在加拿大追随福智机构传播环保理念的康氏夫妇接到电话，康培对父母说：“我咳血了，喉咙里咳出块东西。”

“9·11”后，康培一直觉得喉咙不舒服，而这次发病，他认为就是咳出了“9·11”长在他身上的孽块。

因为我的心脏也有问题，知道像康培那样“四种心脏缺陷的法洛四联症”，最致命的，便是咳血。尽管康海山夫妇做过38年的心理准备，也无数次看见康培死而复生，但这一次，父亲康海山觉得儿子的感觉不是打诳语。开了18个小时车，夫妇俩用最快速度赶到孩子身边。

“所以，9月29号，张世功出现；10月1号，您又答应来。”

……

“培觉得能有名人万里迢迢来帮他写书，除了荣幸外，他认为可能是他命中注定的，要再活一阵子才走。”

这不是红枫长廊，而是纽约上州乡村随处可见的林子。

康先生一边聊着他的计划，一边寻找改道后的新路，弯弯曲曲折行几次，我觉得自己已经不能再坚持下去了。一口东西涌上，主人不得不停车。事后回忆，时差没倒过来是一回事，对于这次领受任务的神圣和庄严感到巨大压力，也是致我呕吐的原因。

康先生沉着地将我引到路边一个乡村小店。看着他从容不迫地端牛奶、剥香蕉（每次我的心脏不舒服，都尽量吃一根香蕉），好像职业看护一样娴熟，就想起他在小儿子康培出生后的日子，不知道蜷在医院的椅子上挨过多少个日夜。

“病人都以为我是医院的护工。”

这位谦谦君子，遇到意外，怎么既不着急又不愁眉呢？

又跑了半个小时，汽车攀上一个树木繁茂的坡路，狗吠声响起，康先生家的乡村别墅出现在我的眼前。

康家别墅，坐落在纽约上州卡茨基尔州立公园内一个叫熊村的地方。

康培在等候

我应该属于见过点儿世面的人，但不等汽车开进车库，却生出几分近乡情怯般的不安。

是担心性格乖张的康培不接受我，还是顾忌与“主角”相逢反而丧失了想象中的神秘美？

殷勤周到的康先生，曾让我提前掌握了一个绝对棘手的故事的“梗”——儿子与母亲性情相克。刚才在路上，讨论起书的体例、笔法和诉求意义，他毫无半点儿虚伪地反复说：

“我们是外行，一切听您的。”

更直言表示：可以接受“非虚构文学”在作家笔下的任何真实书写。

“你认为自己听来的看到的是什么，就怎么写。”

“他们母子的‘结’，也可以照实写么？”

康海山想了想，话语中有几分知识分子的天真：“说不定你的书，会让他们的关系发生好的变化呢！”

……

九年了，“逃离纽约＝逃离妈妈”的结，怎么可能通过一本书轻易解开？然而，天下事，哪一件不是偶然中孕育必然，小动作推动大变化！

好吧，康培，咱们来试着做朋友。

“杨阿姨好！”

康培从电脑前站起，主动伸出手。

他的手，仅是十几岁少年的大小；细而弯的双腿，支撑身体显然费劲。但他的眼睛，像妈妈一样明亮，绽开的笑容，颇有父亲那样的亲和力。不加掩饰的、小孩见贵客般的那一点点

2015 年 10 月 28 日晚，作者和康培聊天后的合影。

羞涩，最让我有好感。我把同情压在笑容下，给了他一个阿姨爱抚侄子的熊抱。

张世功热情洋溢地替主人操持一干待客程序，赶紧将我带到二楼，推开门，进了一间紧楼角、看风景最好的房间。

“瞧见没，玻璃都是蹭了又蹭！”

我很满意这间客房，说它窗明几净、应有尽有是不够的。

目光所及，外面的，屋里的，怎一个好看了得！最不可思议的是，好像有股看不见的芬芳，在空气里游荡。

女人。

这里有女人的心思，女人的机巧，女人的气息！

我在大连的公寓，哪怕是交租金的临时住房，也刷自己喜欢的色彩，间间颜色不同。书房用了养眼的浅绿色，配上音乐，工作到深夜也不觉得灯油熬尽。

人嘛，将就和讲究，当是爱和被爱的能力反射在生活中的细枝末节。

这间赭红色的屋子，哪里会是因我而刷，一定是既定的、通盘设计的一间屋子而已。

整栋别墅，尽管我还来不及参观，但进门瞥见的装饰和铺陈，洋溢着热情的生活态度。如果说纽约的公寓充斥着冷静和刻板，那么这里，便是安放着温馨与随和。

不去多想了，歇息一下，晚饭时分就要走进康培的世界。

康家别墅有30亩森林。随同季节更衣的树木，会时不时从窗外传递出时间的表情。

康培说他欠一声对不起

在康海山提前对我的“辅导”里，有一点我是必须牢记的：康培不能激动。具体到同我合作——交谈，一要看他的状况，二要掌握好时间。哪怕他说到动情处，如何戛然而止，考验着我的采访功力。

“所有的事我都可以替他回答。”

康先生那份诚恳，不容一丝误解。

但，不光中医信奉一人一宇宙，作家更看重个体的唯一性。我掂量着，如何自然地、不着痕迹地，开掘康培埋在心底里——“连自己都不知道是如此”的特殊真实。

张世功还专门对我进行了二次辅导，他把本已经很大的眼睛睁得更大，控制住大嗓门，用气声对我说，千万别让他激动啊！

一位不久前咳过血的重度心脏病患者，如果殁于同作家的谈话，这位作家能做何自辩？

我当然不能那么功利，那么残酷。

但康培显然期待倾诉，他有一肚子喜怒哀乐要讲出来。不管我是聊天口吻，采访语气，还是就坐在那儿，像普通访客东拉西扯，他都可以把自己故事中的特别处讲得让他爸爸也感到新鲜。

第一天晚上。晚饭后，我们四个人（三位先生一位女士）很开心地坐在一起聊天。不知谁开的头，反正我直奔主题问起来：

“咳血了，你害怕不？”

“不怕。”

这是一次早餐后的聊天，被采访的人好像比采访者来得更认真。

“可是……你，倘若真的清醒自己会走掉，最遗憾的是什么？”

“没有跟妈妈说声对不起。”

全场沉默。

唯我泪奔。

“您知道，我们一直吵一直吵，真的互相有伤害。但是，她给了我生命，为我付出很多。不管怎么说，她是我的妈！”

只生有一个儿子而又爱得不得了的我，头一次听到这样的将死之言，怎能不进入情境，肝胆俱颤！

我立即爱上这个讲理、重情，又能反躬自问的小伙子。

必须承认，埋在康培心底的，是很多作者可遇而不可求的一座素材富矿。但不管他谈了多么生动的情节，多么复杂的纠葛，在那句离世格言面前，都像情怀高于故事，格局骤变。

我记得自己要求康先生用一句话概括他的两个儿子，他说，“一个是天才，一个是奇迹”。天才我见过，奇迹也不觉陌生。但他们身上高贵的人性，却是很多社会宠儿难以企及的。

入睡前，时差的头疼又回来了。

吃了药，我披衣坐起。干脆，写点儿什么，舒缓一下聚在胸腔里的，不知道是能量还是情愫的东西。

致康培

……

你，拔节的清脆和稚嫩的柔软
都来得正常，却因刻板的偏见遭遇
正常的拒绝

……

你看见的世界不比任何人狭窄，你灵魂的
奔腾
远比常人恣肆凶猛

……

即使你写的书已经
积成才华之塔
走近你，人们最想阅读的，依然是
你鲜活岁月的下一章

……

哪怕你藏进枯叶、泥土，化作一缕清风。灵魂安静了
可你的血
还会久久淌出
不可复制的
一眼可以识别的康培
胎记……

第三天

10月29日

像秋叶那样散漫

熊村的气温，比预估的“与沈阳差不多”的温度高了不少。但落叶开始多起来，路上铺得一层层的，踩上去，会发出清脆的碎裂声。

康培已经允许我遛狗了，这会加快我倒时差。遛狗回来，肺里灌满氧气，神清气爽。张世功走过来，再次用管家加朋友的口气提请我注意：“你看人家康先生怎么走路，人在二楼，一点儿声音都没有；你呢，噔、噔、噔、噔，气壮山河。”

没办法，我没有康海山那样修炼无痕的功夫。

但这让我给自己找到悠闲的理由：

出发前，康先生主动给我写了《康培一生》五部分37章的一句话目录。作为采访和思考线索，给人很大启发。他认为那“也就是个提纲”，请我根据写作需要随时随地对他们提具体要求。我也不客气地回答，所谓“非虚构文学”，历史细节，

如果不是自己拍摄，会以为这样的落叶画面是人为加工出来的。

姓甚名谁，以及各种人物关系，不可像写小说那样凭作者想象任意展开。

对了，干吗不把想到的问题写出来，让康家父子一一作答？

其实，他们已经有自己的重点，也有欲罢不能的倾诉热情。

自从我们在一个锅里舀勺子，康家父子就不断在餐桌上对我提及一个人：舟山姑娘丽丽。

对这个留下满屋芬芳的女人，他们，一个怀有父爱，一个怀有夫爱（美国人康培对异性的感觉，让我把握不好该如何形容）。归结起来，那些充满感激、不舍、怀念、赞美、回味的表述，很像大陆农民怀念当年进村的老八路——细节越说越传神。

我却从中发现了故事中的故事。

康培在 29 岁时遇见她，之后出版了传记体科幻小说；她一砖一瓦参与建设，劝说父子俩将别墅作为永久的家；八九年间，她来了走了，爱了恨了，跌宕起伏，忽近忽远……我想，这条线索让康培的生命奇迹更有嚼头。

康培要求，一定要写丽丽，“她是天帝派来的，是我的天使”。

但一个越过童年、少年、青年，活了 38 年的重症心脏病病人的故事中，丽丽的出场，概括不了事实的全部。

对这个女人，我要有自己的深入了解。

于是坐下，一边让思想信马由缰，一边划拉采访要点：

判决培培不治的医院；

高屋建瓴、予康家忠告的名医；

康培给这个家带来的危机和生机；

康海山曾经的第一桶金，如今的生意、事业；

邹陵的政治抱负，公益组织，活动进展；

康家人出于什么动机参与“台湾福智”活动；

康容如何呵护生病的康培，怎样教他成为棒球达人；

两次为培培寻找看护的广告词，奶奶为什么要选男护理；

舟山美女，康培的“真爱”——丽丽的来龙去脉；

闪闪、菲菲、傻傻，三只狗相互间真的能传递救人信息？

康培读书的学校，老师、校长、同学，他所交的朋友；

居住小镇的名字、历史背景；

简·方达和这里有关系吗？

像班主任布置作业，我将这些内容写出，分派给了不同的对象。然而，这样的作业无论怎么布置，布置了多少，回答并提供更翔实情况的，永远是不卑不亢、不温不火的康先生。

在院里漫步时我想到，该给这座别墅起个名字了。

住在没有熊的熊村，至少自家独有的名字会给记忆增强烙印。哪怕，哪怕只供我眼下写作用呢！

丽丽，谐音如“骊”。

我得去问问康先生。

几年前，这里真的有过熊出没。

要想吃肉自己炒

村里有个叫“太阳霜”的商店，除了没有榨菜、腐乳、郫县豆瓣之类的特别中国味道，有豆腐、蔬菜、水果、粮食、饮料、乳制品，甚至劈柴。商品丰富得很。

我特别留恋这个叫“太阳霜”的商店。

我主动要求和男主人一起去采购（张世功说其实主人是康培），康海山挺高兴，路上，他好似不经意地说了两句话。一句是，你写的诗很好，我译给培听了；另一句是，你的到来，给我们家送了最好的礼物。

后面那句“最好的礼物”，是美国风格，但我很受用。拘束小了，我就可以像朋友、家人，做点儿“为所欲为”的事。

譬如，做好吃的。

来之前，康先生问过我有什么要求。像我们这样在部队有过锻炼，走过“五七”道路，嘴上从不服输的人，哪里会在美国鬼子面前暴露资产阶级思想。当然说入乡随俗，怎么都行。

谁承想，康家人一天只吃两顿饭，对有机食品的尊崇到了连面条都是绝对荞麦！上帝，我是食肉动物，而且晚上看电视要吃各种零嘴：蛋糕、巧克力、牛肉脯……家人、闺蜜，都习惯我“像捍卫真理一样捍卫自己的生活方式”。

窃想，怎样才能在不破坏基本规则、不伤和气的前提下，给自己的嘴一点儿慰藉？哈哈，晚上五点半，楼下炒勺叮当响起来，我闻声而动，刚迈下一阶楼梯，就听到康培的问候：杨阿姨休息好了吗？张、康两位更像迎接解放军进城，笑嘻嘻地说，正好，葱爆肉你炒吧！

康先生曾在早饭时问过，康培说今天可以吃羊肉（他们一周吃一次肉），怎么做好？我记得冰箱里有蜡果一样漂亮的大葱，随口应道，做葱爆肉吧。显然提议被默认。张世功切的肉，厚若果冻。肚子叽里咕噜的我，很体贴地说了声，炒吧，炒熟了滗滗水。然后，操起炒勺，扔进一堆葱白葱段葱丝，三下五除二，将葱爆肉端上桌。

想不到吃得最开心的是康培。他全然不像早晨那样脸绷着，也不抬头看人，自顾自地说“我精神不好，不吃饭”，而是一边吃一边抬高声音：“杨阿姨，你写的诗我看了，谢谢你！特别是你提到我跟我妈妈，我很感动。”他还告诉我，爸爸不仅把《致康培》发给他，还发给他的妈妈。

哦，人还是得吃到一起，才格外融洽啊。

从此，已忘了厨艺的杨阿姨，时不时地要露一小手。什么一棵白菜两道菜，什么早晨如果没吃煎鸡蛋，就在晚上补个洋葱炒木樨（也是炒鸡蛋），反正要想吃饭自己做，要想解馋自己说，没人觉得你是外人。要买要煮，自力更生了，客也是主。

一星期后，我完全适应了这里用有机时蔬安排的菜肴，而且肠胃舒服；更接受了他们绝不呼唤客人吃饭的一马二虎。自己的胃感觉应该开饭了，就坐到餐桌前去。天上飞的苍鹭都知道这里有充足的食儿备着（那一口袋一口袋的瓜子啊），你的生存能力，难道连鸟儿都不如？

让我遗憾的是，如此一步到位吃素，体重却依然如故。只是精气神儿见长，身体轻盈罢了。

看来，不是人的身体需要很多营养，而是借口味蕾，自己让坏习惯撒娇。

康家人不大会催促客人下楼吃饭，可从不忘记往鸟笼里添满新鲜的瓜子！

第四天

10 月30日

狗狗早该出场了

在康培的世界里，父亲，重要到可以“化有为无”。

两个人，一条命——天地可鉴，也就不必再强调什么啦！

整个十月，从张世功口中、康海山的“伊妹儿”里，从我来到纽约后的亲眼所见，父亲对儿子的爱，深沉而提着小心——不是惧怕，而是仿佛艺人行走于随时会坍塌的冰面，但技艺已经出神入化。巴金留下的“最高的技巧是无技巧”，用在康海山与康培的相处上，极为恰当。可康培呢，知道父亲永远会在第一时间出现，永远是他肚子里的蛔虫，就把置顶亲昵，送给24 小时须臾不离开自己的三条狗。

感谢康海山提前让我知道：

“狗狗们是培的子女，他尊重他的狗所以不把它们当玩偶。培发病时曾想死，又担心没人能照顾好狗狗们，所以鼓励自己必须好起来。”

这就是被唤作傻傻的康家最年轻的“人”。

“狗对他忠心耿耿。培生怕他死了狗狗们会不吃不饮，随他而去。”

幸亏我也是爱狗一族，否则，不会在康家别墅过得那么自在。

三条狗，分别为18岁的闪闪、13岁的菲菲和正当年的3岁金毛狗傻傻。

它们的名字都有来头。闪闪，康培用英文称呼，我们用音译中文叫它，它都回应敏捷。闪闪是有高等学历的猎犬，虽垂垂老矣，但本性桀骜，习惯于听枪声。每逢电闪雷鸣森林里充满不安，它就仰天嘶叫，冲到旷野里撒欢。

菲菲的名字是丽丽取的——知道丽丽在这个家曾经的位置了吧？她喜欢听王菲的歌，自然想到采用可爱的“菲”字。而菲菲这个德国老猴子狗，天生会取悦主人，主人家里出现某种气氛的时候，它就用难听的，但绝对是发自内心的歌声与人交流。如果不以颜值取高低，这条母狗才是康培身边麻烦最少、最长眼色的伙伴。

傻傻，康培称呼它的音调不断随情绪变换，因为外婆（他们叫婆婆）是北京人，妈妈口音里的北京腔很好听，他一定是选择性地学会了用北京普通话来阐述有限的汉语，而从不用爸爸那种“四川话＋国语＋普通话”的语音与大陆人对话。对这个被所有人喜欢的大型狗，他一会儿用英语，一会儿用普通话

在傻傻没来之前，母狗菲菲和猎犬闪闪基本上形影不离。

"莎莎""傻傻"交替呼唤。其实傻傻是公狗，常和长相丑陋的菲菲"女士"接吻。每当傻傻把头搁在沙发靠背，美丽的大眼睛露出忧郁，便会有人过去摸摸它，给它添点儿豪华的宠爱。这时候，"爸爸"康培，会一面接受人们的善意，一面对傻傻爱抚着："别怕别怕，闪闪暗算你的阴谋不会得逞。"

第一天晚上，我就为他们不喂狗粮而赐狗人食的做法惊愕了。国内这边，狗吃人饭不足为奇，有的人家就让狗来捡剩菜剩饭吃，但多半为穷人家，或因日子过得粗放任性。

可这是美国，是生活在21世纪的纽约中产家庭。

我可是听信西方人宣传，视狗粮为最符合"狗道"精神的食品的！

"还有比我们人吃的东西更可靠的吗？"

康培指的是他和父亲康海山，在这个美丽村子里食用的有机食品。

许是一辈子在医学问号里思索，康培对美利坚商人因逐利而黑心的认识，深刻而坚定。从尼古丁到乙醇，从转基因到天然气，他能把每个案例讲得不可为之辩护。最初我还以为他们像某些人一样受"阴谋论"影响，后来悟出，生活在科技先锋城市，这对父子是用感同身受得出结论。

"杨阿姨，不是每个医院都有问题。但我住院，亲眼看到他们将痛不欲生的癌症患者撵走，就因为那人没有保险。这不是睁着眼睛让他惨死？！"

这个时候，迈步蹒跚的康培会跑到医院走廊，朝医生咆哮："你信不信，我会叫你们死！"

怎么死？反对战争也反对持枪合法化的作家康培，只能在作品里对邪恶做出宣判。听康培讲他路见不平拔刀相助的事，我总要定睛看几眼康先生。他的表情，或是附和儿子，或是担

那会儿，每天早上，由闪闪和菲菲两只老狗陪同大康小康散步。

心状况。别太激动了，心脏受不了……他越是不说潜台词，我越能感觉到。每当康培超负荷地慷慨激昂，狗狗们，多半趴在那，默默倾听，但同时也时刻准备着，好随时对主人“效忠尽责”。

于是气氛祥和。

父子俩血型不同，前者 O 型后者 A 型，一个柔若静水，一个刚如飞刀。然而，对狗狗的态度，绝对和谐。究竟是康培不自觉地剥夺了老爸身上男子汉的英武，还是康海山无奈地把血性、刚烈遗落在儿子身上。医学无法解释，文学只能瞎猜。

不过，通过与三条狗近距离接触，我更加相信，爱与被爱不仅不是人类社会的专属，且凡世上生灵，离开爱与被爱，皆无活之必要。

我的朋友张世功

说实在的，这个人不在我的生活圈子里。

我们合作的次数非常有限。他离开中国18年了，我们之间仅有的几次聊天，比礼貌的应酬略为热络一点点。但是他的样子，始终在我脑海里。他身上，有一种无论成败都扭曲不了的单纯。

能够“配合”他，确是将他视为可以好好相处的一个人。

你是因为采访才发现的这个故事？

不，他们家在华语日报打广告，寻找一个“可以陪护体弱作家”的人。

在张世功之前，已经有一百多位应征者给康家打来电话。

“可以问一下你的岁数吗？”当时康海山问。

如实回答后，张世功听到电话那边的反应：“关键是，精神面貌怎样？”

你说老康这人素质多高，他不计较岁数，在乎风貌。这是我的强项啊！

张世功觉得他可能遇到了一个能透视千里马的伯乐。

免提电话将他的声音，以及语速很快的自我形容，清楚地送进康培耳鼓。

康先生和儿子对他一致的感觉是：要立马对这个人说OK。

因为他“很正面，很积极，十分爽快”。

这也是1989年我与他第一次合作留下的印象。

2015年10月28日，几年未见面的我们，在康家车库打招呼，一刹那，都觉得对方没什么变化。再过二十年，我也能认出他脸上那个能装二两酒的大酒窝。

无须隐讳，如果没有康培的存在，张世功与康海山不大可能有什么交集。作为大陆第一代星级酒店资深管理人，张世功来美国后，为生存苦斗，接家人团聚，将公民身份、儿子求学等关隘跨过，便既不装孙子又不装大爷地努力找事情做。能兼做两家报社没有稿费的记者，他已经是赴美讨生活的华人中“混”得很体面的人了。

儿子非常争气，研究生毕业，在通用公司拿着不菲的年薪。无须再拼命的他，只想做延长生命、让自己高兴的事。

看着他不等吃完饭，就一遍遍地起身为狗狗要吃的烙饼翻个儿，一把把地为狗狗煮荞麦面，那种心甘情愿，兴高采烈；而康先生举起红酒杯，笑容可掬地等着“碰一下”；康培和他商量对三条狗如何配食，他是那么顺从，那么迅捷，那么得心应手。我真觉得，康先生对年轻人一再的规劝——“不要去争取大家都在抢的工作，而要自己创造一个别人做不了的事业，非你不行”，实在也适合他这样能把白水喝出甜滋味的快活家。

张世功把邀请我来写书，当成今生大事业。有时候，我去帮厨，他会觉得受宠若惊，然而，同样在厨房，晚饭后，围坐在浅黄色灯光下，光晕散开，温馨如家，你邀请他唱歌，他那一本正经的专业“范儿”，真是可爱到可笑。

“唱什么？”刚说个头，他就站起来。

最美不过夕阳红，温馨又从容……

口型夸张，字正腔圆，犹如CCTV歌手淘汰赛进入名次后的搏命者。不待掌声落下，他快速地又自荐了一首美声歌曲《草原上升起不落的太阳》。高亢嘹亮的声音，确实漂亮。

“别，别，你用气声唱。”

不是怕骚扰邻居，邻居家最近的也有百米之遥；而是觉得面对面郑重其事地唱歌，那么大声，不好玩。

好吧。他立马换成悦耳的气声，轻轻地，唱起我们共同熟悉的歌：《莫斯科郊外的晚上》《卡萨布兰卡》，甚至《共产党员好比种子》……

康海山的目光里溢出羡慕。我觉得不好意思了。

我和张世功，有共同的青春，在歌声里，有熟悉的回忆。可和您……

喂，我说，有部美国电影《猎鹿人》，梅丽尔·斯特里普主演，开场有个好几分钟的长镜头，整个用了一首苏联歌——

正当梨花开遍了天涯，河上飘着柔曼的轻纱……

我们拍手唱着。

康先生笑得很青春，很灿烂，他说我知道这首歌，便吹起口哨应和，弄得康培也参与进来。

我发现，三位先生的乐感都比我好，尤其是康海山，音色圆润，吐词走心，听他唱歌，哪怕一两句，都会受到感动。

这会儿，我才对张世功说，谢谢你，将一个好故事让给我。他说，你知道吗，康先生他们在网上看到你的照片，说你像菩萨。

姑且，将这种赞扬，理解为张世功对自己识人有道的得意吧。

我的朋友张世功，确是邀请我走进康培世界的“始作俑者”。

谁是沈太太

还是康先生写的那个“五部分37章”。第六章，他拟题为“第一个守护天使”。

这“第一个”，从时间节点来说，应当是康培七周岁以前。

康海山和邹陵的小儿子康培，出生时不算问题孩儿，6.7磅的体重也不会让人大惊小怪。但妈妈发现他吃奶很慢，吃后大口吐奶，甚至从鼻子嘴巴一起喷出奶来，每次喂他要用一个多钟头，吃完奶过一两个小时仍会喷奶出来……妈妈告诉医生，医生才仔细听诊，发现孩子心脏有杂音，必须到大医院做进一步检查。

于是，婴儿康培被诊断为四级法洛四联症。

医生说，这种病人在医学史上最多只能活到两岁。

依靠医院，是人类有知识有文化的病孩父母唯一的选择。

从此，康海山夫妻俩一个带大儿子康容，一个陪小儿子康培，家庭生态步入无奈但也算明智的轨道。邹陵是朝九晚五上班族，康容的成长可以随妈妈的正常而正常；康海山乃一介电脑工程师，也许在时间和精力上更适合晚上去医院陪护。自1977年4月起，他就和让人提心吊胆的康培，结下了生死对子。

过了一年，康培一盎司一盎司地长了一磅，医生觉得也许可以给他动手术了。纽约市的心脏医疗学术水平，从五十年代至今一直居世界前沿，并且这里的心脏医疗专家肩负全世界心脏病各种指标的制定。然而，经四方打听，居然有位医生告诉孩子父母：“康培的心脏严重畸形，开刀的风险大过不开刀。”

纠结，挣扎。考量最终，康氏夫妇决定不动手术了，一切听天由命。

早已作古的沈太太要是知道康培活成了今天的样子，她得有多高兴！

回家养着，白天家里总得有人啊。为康培请保姆的广告招来了一个连自己的孩子也没带过的邻居，矮矮的个子，一口上海话，但她就住在楼下，刮风下雨照旧可来。谁也没想到，就是这位不起眼的沈太太，把个小猫大小的孩子从鬼门关拉了回来！

“后来我上学了，沈太太还每天盯着看我，一直目送我进学校。”康培记的细节与他父母跟我讲的各有角度。

康先生说，付给沈太太的那一点点费用，都叫她拿去买燕窝、银耳、人参、海参喂康培了。邹陵讲得更生动：我这辈子大概只吃过一两次燕窝，可连话都说不成句的培，总是喊着要吃“义乌义乌”。原来，沈太太给予康培王宫贵族般的待遇，甚至连上厕所都抱着他，还让他学会了上海版的“燕窝燕窝”。

沈太太还在吗？

接过康先生送来的两本家庭画册，我想找到这位活菩萨的照片。

康培有句很美国的口头语——“这不公平”。假如记录康培世界的一本书，漏掉他生命中第一个守护天使，心里最过意不去的，将首先是他。

可是没有找到。

康先生怕我着急，问是不是要打电话让邹陵在纽约找一下，我没同意。“既然人已老去，照片也不一定找得到，回头我和邹陵一起从你们家的老相册里翻翻看。”

他走出我的房间，好像要去打通一切关节，满足我的需要。

这家人的感恩心很重。但我已经把康先生麻烦得太狠了，我不敢让他放下工作，把我当“高干”来“三陪”。可是，康培不同意单独和我聊天。

或许是他觉得缺了父亲这个拐棍，交流达不到理想状态。口气很爷们的他，一再对我说，杨阿姨，希望你这次来，不仅仅是为我，也不仅仅是写一本书，最好你能把了解美国、旅游观光、会友散心几件事放到一起做，这样我会很开心。

说得真好！

其实，事情是可以兼而顾之的。

但我语言有障碍，你的拐棍也是我的拐棍啊！

康先生又轻轻敲门，问道：“我明天要去京斯敦做点小事情，你有没有兴趣去看看？”

“远吗？”

“不太远。”

第五天

10月31日

易园，在京斯敦的中区

自1987年自己参与创业的公司上市并售出，康海山就开始“做自己喜欢做的事，成为一个非等闲之闲人”。说起投资，他的语气既谦恭又清醒：“拉拉杂杂的事情做了一大堆，回过头，总的来看，数量上失败多，经济上赚了钱。”

他成为百万富翁的第一桶金，来自房地产。经过几十年起伏跌宕，最终，熟悉的、稳定的生意，依然是房地产。

说着话，康先生要做点“小事情”的公寓就到了。

位于纽约州北部的京斯敦市，人口大约五六万，历史上，这里曾因是青石集散地而繁华；但目前口岸经济衰退，市区建设也处在萌动的前期。既然在京斯敦12英里外买了别墅，而且要长期陪儿子，康海山就在这个市内既非富人区又非穷人区的城市“中区”，一次性投资买了套价值160万的中档公寓。

他看好这里的前景，将公寓起名“易园”。

京斯敦的中区，缺少绿植的柔软和温情。

“你干吗要改造停车场？”

隔着铁栅栏往里看，工地上干活的人不多，该做什么每个人都很清楚。

这让我想起电影《肖申克的救赎》。蒂姆•罗宾斯和摩根•弗里曼主演的银行家和老黑人，利用放风，一次次把越狱梦想变成实施计划。导演总是将镜头对准铁栅栏，透过空隙让观众看清角色面孔。那些富有真实感的场景，给人监禁与自由强烈冲突的暗示。

康海山放缓语速：

“这么大一个地方，利用好了，可以兼顾功能性和观赏性。还留有空间让房客做花园，种点东西……

“住户的素质参差不齐，有的人位于社会中下层，还有从监狱出来的……

“越是文明程度差，越要用环境来影响他们。生态环境和人文环境应当可以互为作用。你说是不是？”

见我一直盯着高高的铁栅栏看，他又说，做完停车场透水铺装，就把它们拆掉：“铁栅栏关谁？又关得住谁？还是对住户不信任、不尊重嘛！”

我又一次想起《肖申克的救赎》。那个给人希望的电影主题，被演绎得撼人心魄。

从没见过一个房地产商在无须炒作的地方，持有这样温文尔雅的态度。但我不能轻易下结论。商人，理想和营利间的平衡，让我钦佩的不多。

康先生的办公室极简，一张黑皮沙发，一张半旧写字台，加上些办公和施工需要的零碎，超过五个人进来就会挤满。趁他对白人工头做事务交代，我打开便携式电脑——来美国五天了，好多线头需要捋一捋。完全不做录音，也没做现场采访记录，因为与康家人的关系，自己已经不好再煞有介事地当面写写画画。

我觉得自己有点儿冒险。

杨老师，你给这个瞎画的东西提点儿意见。

康海山把“易”字伸展变形，形成一个类似LOGO的图案，挺中国风的。易，上日下月，是在做改变吗？易园藏着你的野心啊！他浅浅地笑，不置可否。看来，这个人喜欢亲自动手，还有几分享受做事的超然。

是故意排遣沉重？还是做了自己想做的事而怡然自得？

游离于康培故事之外，我和康海山就环保、地产、电影、文化，随意聊。每当我扯远了，他都会将我引到人文与文明建设这个主题，语气有点儿执着，神情有点儿书呆子气，但显然并没过脑子施什么诡计；在让人接受理念的同时，跟着他的思路，会生出成其同盟军的热情。

是个事业鼓动者嘛！

我的电脑上，正好记着一些平日随想，其中有一段是这样的：“一个人做事，他了解在做什么，并且自觉地在做，而且做事的过程中，赋予了积极的意义。人生的各种意义合成一个整体，就构成他的人生境界。”

这好像就是针对眼前这位康老板而言。

康海山和大儿子康容的孩子。

这种逻辑自洽，我接受不了

事情忙完了，康先生带我逛京斯敦。

今天他开了辆底盘很高的日本车，我坐在副驾驶位，视野开阔，很舒服。深秋中的小城，建筑和人，都悠悠然。浏览中我发现，有种树形像苹果叶子也像苹果的大树，满树的叶子闪着苹果皮那样的红绿色，非常抢眼。我一边拍照，一边轻松地加塞“采访”。我问，从小学五年级起，你就把康培的学习完全接过来，天天陪他做功课，累不累？

不累，反正他和别的孩子不一样，能到什么程度就什么程度。

一直陪他读完高中？

是的。

康培自己说过，他的顽劣，非同一般。曾经就读的恩典学校校长告诉家长：“康培是个愤怒的孩子。”

那么，十几年几千天，怎么挨过来的？

我觉得挺好。若不是陪他每天复习，我的英语不能达到大学程度——虽然来美国后读硕读博，但我是电脑工程师，就是后来搞了管理，又哪会主动阅读海明威，背诵莎士比亚？

因祸得福啊！

我用了大陆人归纳先进事迹的口气。康海山没察觉我这里边含有几分揶揄，继续沉浸于他的感受：康培从没让我觉得付出牺牲。相反，他给我的生命做了乘法，让我活得很丰盛。

不敢造次了。

丰盛，乘法，是幸福的结晶。

在一个坐满白人的咖啡馆，康先生答应回答我几个不好在

以小城书店和星巴克咖啡为背景，什么样的交流都可以做到既随性又深入。

康培那里深抠的“梗”（这是我自己使用的词，台湾人不懂什么是“梗”）。

为什么一提到丽丽，他就对妈妈充满怨恨？

为什么你们一再说是逃离纽约，而且曾经打算去几千里外的圣地亚哥，在丽丽的主张下才定居此地？

为什么你们那么喜欢丽丽，却将她放走？

为什么……

10 月 28 日晚，康培一句“没有对妈妈说声对不起”，让我看到他心灵的高贵。然而，之后的聊天，他却重复渗透很强很强的抱怨，责备，痛恨，不原谅。有时候，还把对妈妈性格的描写，落实到爸爸身上：“她每天夜里都跟爸爸吵，每天每天，说个没完，钱，钱，钱，那个烦啊……”看我露出不解，他“拽过爸爸的视线”继续说：“直到老爸忍无可忍，发火。”

康先生将目光转向我，不解释也不制止。

显然，母子恩怨，并没因康培这次咳血，抑或对我剖白出悔意，而真正化解。

我甚至感觉得到，如果康培生机盎然，那么，他和妈妈的梁子，会继续结下去并随时涨开痂，流出血。

可我又不觉得这里有什么虚伪、谎言，有什么外力在施诡谲魔法。

沉吟了好一会儿，康先生推了推眼镜，习惯性地双手抱拳，很节制、很严谨地做了非常令人尊敬的解答。

总之，杰出的邹陵性格里确实有她难以克服的东西。而丽丽和康培，在美国这样的法治国家，“即使妈妈存有偏见，孩子们要结婚，她也阻挡不了”。

“是两个人自己做的决定？”

“我想，是他们自己做的选择。”

我甚为理解。

面对婚姻，成年人会实际起来，何况走进21世纪的地球人。丽丽向往更大的天地，康培接受不了她与前夫生的孩子。

“但是，目前这样的局面，一旦康培死……”

“我可以，可以平静接受。”

镜片后面，一片坦诚。

没有勉强，没有哀戚。

这是什么逻辑？

为陪儿子出逃，怕他死在路上，做了千辛万苦的筹备；丽丽帮助救活康培，开始了新的生活，而她又凤还巢鸟归林，说走就走；你承受了那么多，将就了一辈子，孤孤单单住乡下，却对自己“丧失半条命”，不痛，不苦，不撕肝裂肺？！

再不敏感，脆弱，乖戾，再不矫揉造作，冷漠麻木，也不能“平静”啊！

除了眼泪，我找不到与之呼应的任何语言。

“培濒临死，或者差不多就是死，有过很多次。每一次，只要救得活，我们就好好地活；救不活，是天意，必须接受。”

你从来没放弃过？

没有。

那康培说妈妈不止一次放弃他，是真的？

他是那样理解的。

用了一摞纸巾，我才平复下来。

回去的路上，我再没跟康先生提一句康培。我怕自己受不了。

走进家，狗狗们摇着尾巴，争先恐后扑过来。

康海山跟儿子说起我对易园的评价，让他充满自豪。见我往二楼走，培培扬声叫着：“杨阿姨，我们这个镇比京斯敦有名，李安来拍过电影，爸，中文叫什么？”

“《制造伍德斯托克音乐节》。”

“对，我们这里住了好多好多名人。”

晚饭时，康先生开了瓶红酒。我和张世功，又一次分享了康家父子爽朗的笑声和他们永不缺少谈资的“侃大山”。

导演李安在伍德斯托克执导电影《制造伍德斯托克音乐节》。

《制造伍德斯托克音乐节》海报。

第六天

11月1日

康海山是条资本主义的鱼

张世功说，康先生对康培每天都做早请示晚汇报。是的，他予儿子第一主人身份。然而，他又对谁不敬呢？

中西合璧康海山，处处不忘“人权”。

来别墅好多天，从没听他用雇主口吻跟张世功说过一句话。只是他不奉承人，不会用语言献殷勤。

父子间，谁扮主导，谁做响应，一时不好评说。但对我这位“不速之客”，重要事务则由康培宣布：

“杨阿姨，你的书我看了（不会读写汉语的英语作家，只是看了我书籍的装帧、设计，应该说，所做评价只能是拷贝老爸意见），很好啊！我们的书怎么做，一切听您的。

“杨阿姨，你最好每天都换节目，只要身体没问题，随时让老爸开车带你去。”

他好喜欢我被他老爸带到他曾经去过的地方。

这也是苹果树，长在北美，姑且叫它苹果小鲜肉。

哪怕就是遛狗、买菜，去看附近的库泊湖，逛“不太远”的社区公园，参观百米开外正在造屋的邻居家。

听我回来对潺潺溪流、古朴木桥，到处可见的松鼠、野鹿、苍鹭，和红苹果落满地的大惊小怪，他十分欣然快活。好像那些赞扬、感叹，亦是对他生活方式和生命存在的肯定。

康培为自己是美国公民骄傲，为由他拍板选定的别墅骄傲，为李安用它做背景拍摄出经典电影的伍德斯托克镇骄傲。他希望我完全融入他们之中而洞悉他真实的岁月拔节、情感走势，与他建立亲密关系；而不仅仅以作家身份，观察他的生活，书写他的故事。

“培培，我觉得你身心健康着呢，再养一段，杨阿姨欢迎你到我家做客。”

他摇头的样子和他爸爸述说时的“平静接受”一栏，让人生出无尽感怀。那一刻，我想起康海山说过，培知道自己的生命处在哪个阶段。我伸出手，只碰到他几个有些发蓝的指甲：

“不管你去不去，反正我邀请了。你要相信，在地球那边，有个杨阿姨，随时会给你一个拥抱。”

康培先给我一个美式耸肩，再歪头，蹙眉，耸起鼻子做坏笑状——这既是在回答我的善意，又否定了我的妄想。

他早就不能坐飞机和长途出行了，甚至连墓地也已经选好。康先生告诉我，父子俩讲定，都把骨灰撒进别墅森林，“那儿很美。”

自此，我每天都按照康培和他老爸商量好的“节目单”出行。这让我与康先生的对话，也越发地没了外交辞令。

从镇政府服务地产事务的办公室出来，我夸康海山和什么人种都处得好。他说，是那些人做事诚恳，替开发商着想。我说，总有人朝你伸大拇指。他说，最初改造易园，白人反对，西班牙人也反对，黑人更是当面嘲笑，后来他们才相信我是真在为房客着想。

“扔出去十几万，怎么回本？”

“卖主开价160万，我用135万拿下，其余的25万，全部用来改造环境。第二期工程再装太阳能，取代燃气炉……”

“共产主义思维方式。怎么挣钱？”

“第一，因为只有一家民间投资做透水铺装，提高生活品质会吸引不同的租客。第二，任何先进的、明显具有环保效益的投资，都是吃亏在前获益在后。

“自23岁来美国，我深深体会到，这里的制度保护积极做事的，勇于奋斗的，会用法律自律和保护自己的。不管发生过什么，我从来没后悔到美国来。

“虽然家世不错，受过好的教育，但我毫无背景。30多岁抓住机会获得财务自由，后面最重要的，便是充分利用好国家赋予你的‘选择’的自由。

“选择权，是资本主义给中产人士最大的福利。政治选择，投资选择，生活方式的选择……差别往往是心智和命运，而不是其他。”

终于发现这位躲在山里的“乡下人”，非常非常善谈。

一向以口才不错自居的我，用一句由衷的感叹调侃这位开车很稳的“专职司机”：

康海山同志，你真是一条资本主义的鱼！

在动手动脚中康海山尝到做事的愉快。

老嬉皮士留在这里

我们对创意节日并不陌生。

为金钱疯狂的中国社会，甭说洋节了，瞧现在的架势，“双11”光棍节，“双12”购物节，已然印进百姓发胀的脑袋。若再捏造一个“1313”生育节、二胎节，商家一定会激情大爆棚。因为节日，意味着不理智消费。

头几天，康氏父子对我没能赶上当地10月2日的伍德斯托克音乐节不无遗憾。这不是一个相当于中国社区那么大的小镇规模音乐节，而是具有“革命”气息的世界性盛大节日。

1969年8月15日至17日，两名美国青年在纽约州的古镇伍德斯托克，组织了一场音乐节，不承想，近40万美国青

1969年的伍德斯托克音乐节现场。

年汹涌而来，两场惊人的大暴雨使他们在泥地里变得疯狂。在“爱与和平”的号召下，音乐节变成了奇特的反战方式。

据说，至今被奉为摇滚先驱的鲍勃·迪伦，因想躲避追捧而藏匿此处，他的举动反而在粉丝中引起巨大反弹。敲一下谷歌或者百度，还可在那里发现简·方达这样的年轻艺术家出现在节日现场。

“要做爱，不作战”的反战口号响彻整个会场。许多情侣们赤身裸体，甚至当众做爱以回到亚当夏娃时代，用返璞归真的方式，集体表示对美国政府战争政策的唾弃和愤怒。

遗憾的叹息刚过去，康海山就带回一个好消息：10 月 31 日晚，伍德斯托克镇为欢度万圣节有场游行。

是不是该翻译成“游行”，我没有发言权，人家康先生的英语说得好极了，父子俩嘀咕一阵，用中文告诉我这个意思，并让张世功提前备好晚餐。于是，我们仨，带着舌齿间小笨鸡炖土豆、盐拌萝卜丁的香气，开车出发。

在美国 24 天，我路过、去过至少十几个美丽安静的小镇，没见哪个镇，能将优雅和恬静、丰润和淡泊、秩序和自在糅杂得这么天衣无缝。镇子中心，仅有一条坐落在丘陵上的长街，无论白天晚上，移步换景——房子、橱窗、商品，总有一股味

位于镇子中心的伍德斯托克教堂建于 1799 年，即美利坚合众国建国 20 年后便矗立在此。

假设老嬉皮士头一回出现在伍德斯托克音乐节是18岁，那么，在艺术气息浓厚的安居地生活了几十年后，他该有六十好几了。

道勾引你凑上前去吸吮。

小镇人好像倾城而动，家庭居多。每个精心装扮的人都愿意被别人注意到，凡见人拍摄，赶紧配合。我们都照了自己喜欢的各种“鬼”。康先生事先告诉我，有个在46年前音乐节诞生时张罗事的小嬉皮士，因喜欢而留下，他曾在街上见过。果然，在最热闹的街头，老嬉皮士出现了，他用花花绿绿的布夸张地展示自己，手推车下角，贴了照片和简介，好像专业卖艺人。

马路中段，一辆警车停在那儿，警察微笑着，也警醒地四处瞭望。

张世功说，在美国，无业人员有700美元补贴，400美元即可吃饱，那剩下的300美元，还可干点自己喜欢的事。

老嬉皮士显然是不拒绝施舍，收零钱的口袋已经装了不少。我又忘记带零钱出来——看来，白吃白喝是很舒服的事，不到一周，抢着付钱的大姐大作风，已被我遗忘在太平洋对岸了。

手里捏着吃完的巧克力糖包装纸，我一直在寻找垃圾箱。张世功说，满地都是枯叶，你就扔了吧。

那哪行！

康先生说，搁我口袋里吧。我这才恍然大悟：难道自己没有衣服口袋吗？

身边走过僵尸、公主、超人、女海盗、蜘蛛侠，还有推中国鸡公车的汉子，一个劲儿告白自己最为“中国”。

始终不见提南瓜灯的孩子四处敲门索要糖果，倒是一些人家，搬出糖盒热情分发。譬如我这样几天没吃糖的人，因张世

张世功的酒窝被他笑成一根竖线条了。

功的“厚颜”而得到一块。

我一直在人群里寻找曾风靡全世界的巨型卡通怪兽——格拉斯，那是康培的心灵伙伴，亦是从有记忆开始，启迪他创作的不竭灵感。如果康培身体健康，他大概会装扮成进化怪兽，还会赋予它“地球保卫军”意义而不是在街上只耍耍怪。

格拉斯，格拉斯，我却始终没见有人扮成拖条恐龙尾巴的这个大家伙。

也许它躲在康培的书里轻易不肯出来；也许，做那种装扮，花销太大！

整个游行，几百种装扮，我们只发现一个重复的形象，是戴了胶皮头套的愤怒青年。衣服、表情，乍一看，因重复而惊悚——怎么长得如此相像？真是见鬼了！

猩猩、魔鬼、女皇、灰姑娘……还有的一家人故意穿对称

装或精心设计成一个主题。最有意思的是，几兄妹着一色小偷服，或一色的水手装，他们站在那儿，顾盼四周，唯恐没被拍进相框而浪费了创意。

真是自发的、人民的节日啊！多年前，我在北京给中国国家行政学院青年干部上课，讲了传统节日乃木本植物，新兴节日乃草本植物的理论。站在这个有200多年历史的美国古镇上，我在想，万圣节总该进入传统的行列而拒绝商业的无厘头羞辱吧？

我和张世功亢奋地说着笑着，我说，康培不能来真遗憾，其实，能在美国见识一个地道的传统节日，是借了他的光。

康先生在一旁，脸上笑着，声音却幽幽的："这么生动，我也从没看过呢！"

回来的路上我问："你们是不是只过圣诞节？"

"不过。哦，丽丽在的时候买过一次圣诞树。"

"那你们只过春节啊。"

"不，我们什么节也不过。"

不该再问了。家里有个生活在生死边缘的人，不可制造让他心脏承受不了的热闹……

是这样吗？

从外面回来，我们给康培讲见闻，他照例笑容满面："很好啊，很好啊。"他老爸对他说："我一次也没见过呢。"哪晓得康培却得意地说："我和哥在纽约见过。万圣节游行，有好多好多'鬼'。"

啊，爸爸好快活！

康培领略过人间如此愉快，这有多好。

美国冬时制

康先生说，美国保持冬天和夏天一小时错记时间原则，冬天从 11 月 1 日起。

我就此把手表改拨。

从这天起，我们仨，将由每晚八点半离开厨房，改为七点半上楼去。上半夜，康培卧在厨房沙发上假寐，或看电视。每回我们离开的时候，菲菲已经蜷窝在康培身上做冬烘小姐了，傻傻呢，则靠在它“爸爸”枕头边，依偎着，护卫着。

这只是康家“人狗情未了”的一幅静谧图。

这个家，因为康培，和几条狗发生过不可思议的生死交情……

康培随时随地可以通过沙发前的电视了解外面的世界。

第七天

11月2日

伍德斯托克放生园

“行前曾怀疑，康先生所说的幸福，是否像在大陆听过的某些‘强忍苦衷故作状’那样的豪言。真的走近，一起生活，不得不说，康培的开心是真的，海山的恬静是真的，就连张世功如获至宝的欢欣，也是真的。在真实面前‘深入生活’，与其裹着职业感专业化盔甲扮高大上，不如照葫芦画瓢，跟着康培混，在充满新鲜感的世界，做入乡随俗的矮小下。”

这是三天前，10月30日，我写的一段随感。

昨天上午，无意地，从网络课堂的特别声响里，听到康先生和他的“福智”伙伴做隔空交流：

“康师兄，我们真的好钦佩你，帮助孩子的生命释放最后灿烂。”

“杨老师来了，我要做些配合，最近忙一点儿。但没想到，这件事使得康培身体好转，真的好了八九成……这对生病的人是个奇妙的事情！”

森林环绕，屋子里有剧场般空旷的声效。美国与加拿大之间的隔空对话，仿佛近在咫尺。只是视频课堂，虽彼此可见，但要放大声音。

康家别墅，除了康培睡觉时任何人不可发出大动静，只要他醒着，康海山的嗓门一向洪亮，他们父子的对话也笑声朗朗。别墅的五个大门从不上锁；所有卧室，直到闭灯时候才关门。在自己房间，我经常能听到康家父子打电话，一个中英文交替，一个绝对操着英语；晚上，康海山还在固定时间，用四川话向96岁的老母亲请安。

康家老妈妈住在四千里外的加州，眼睛看不见，但每天，儿子都向她汇报见闻，再听老太太说些有用没用的。

有时候，我会觉得康先生有点儿迂：总听老人那种倒带似的重复，不烦吗？怎么不想办法让老人家“戛然而止”。

然而，熟悉又催人联想的乡音，“无心插柳”地引出旁听者心底的黯然：

“子欲孝而亲不待！”不仅是因为我已经没了父母可以问候，早就屏蔽了、忘记了、故作从没发生过的那些愧对先人的淤结，在乡音的浸泡中悄然浮起。

那间屋子，康先生的网络课堂结束了。

脚步声很轻的他，叩门声也控制得很轻。

“可以走了吗，杨老师？”

11点，他带我和张世功去几英里远的伍德斯托克放生园，今天那里对社会开放。他也要替福智机构做点儿就近考察。

我在网上查过，康海山和邹陵所说的“福智”，是个有佛文化背景，旨在传播环保理念和开展公益活动的文教基金会。他们夫妻，是在台湾与基金会偶然“撞”上的：

星期天中午的伍德斯托克放生园，静谧得似乎能听见云彩移动的声音。

“汽车停在稻田边，突然看见有那么多那么多的鸟，不夸张地说，恐怕得有上万只。鸟儿从天上呼地俯冲下来，稍作停留，又哗地直冲云霄。数目之多，遮天蔽日！

“奇异，壮观。不禁让人纳闷：为什么一路上经过几百块田地，我们却没见过一只鸟儿？这里，是不是汇聚了什么神力？”

同车的福智同学，代替上师给这对夫妇做了解答：

“因为只有这一块‘福智田’没洒农药啊，所以，四面八方的鸟儿都飞来了。”

为救治儿子探索中西医学，从帮助康培健身养生，领悟少吃荤多吃素的生活道理。这次见闻，让有相当环保意识的康氏夫妇，在精神上提高了一个层次：

“地球清洁和地球人的健康，绝不是孤立的！”

“化肥、农药，毒害大于作用！鸟儿‘诉说’的现象，直接反映出，环保事业迫在眉睫。”

自此，康海山和邹陵，从不同角度汇入福智。

伍德斯托克放生园，是从附近迁到本镇的一处美国私人放生园。

嚯，好大一个农场！

看得出，来参观伍德斯托克放生园的，多为中产白人家庭。恰逢周末，有的是父亲带孩子，有的是夫妻携友人。加上我们仨，亚裔只占一少部分。

终于等来一位解说员。

此人脚穿长筒胶靴，衣服上沾着草屑，英俊的脸庞，布满一时半会儿恢复不了的疲惫。

“长筒靴”一边微笑着介绍放生园的创建理念和经营历史，一边带领人们参观鸡场、猪场、牛场……他手中端的牲畜“点心”盆，装着切成瓣的葡萄和一些薄薄的胡萝卜片。为那些围过来的小家伙撒点心，“长筒靴”温柔得像个幼儿园阿姨。

牛栏里两头健硕的牛，引来孩子们的惊呼。恐怕得有几吨重吧，这牛太高大了！让人想起退役前的姚明和年轻时候的拳王阿里。

从网上得知放生园周日免费开放，人们以举家郊游的心情来到这儿。

巨牛仅有几头，但必须将它们和很多的猪、羊、鸡分舍服伺。

我抓紧拍摄巨牛，那一定是康培没见过的。

但最终我也没敢放图像给他看。

小时候的我，曾因“出身”不好心灵受伤——在别人看来很正常的说笑，却触碰过自己潜在的伤痛。培培对我极尽友善，我不能贸然热情，做适得其反的事。

伍德斯托克放生园的诞生跟艺术有关。10年前，拍摄纪录片时，一对好莱坞恋人被人类残害家禽的暴行激怒，决定投身“抢食”之战。即，从一个个屠宰场解救那些备受折磨的牛羊鸡鸭兔，然后，照顾它们自然死去。

这对好莱坞恋人——年轻的摄影家、制片人，请求出席婚礼的亲友，把打算相赠的礼物换作给他们创办“放生园”的头一笔捐款。所以，这个放生园也长期得到艺术界关注。

10年过去，婚姻稳定的放生园创始人每周会驱车过来，和专职雇工及各种义工一起工作两整天。

“长筒靴”嘴唇暴皮，眼睛干涩，嗓子疼到几欲停歇。但咽口唾沫，还是继续讲啊讲啊，比传教士的布道更有一百二十万分推心置腹的殷切。

“太敬业啦！”

他身上有股甘愿献出一切的决绝，让人在敬佩他高尚的同时，想到宗教，想到不同于中国人聚堆放生的行为模式。

看着千斤肥猪酣睡，顽皮鸡鸭打架，宠物兔子聚在那儿一蹦一跳，我忍不住问：“康先生，如此操劳地做这些，放生园的终极目标是什么？”

听得极其认真的康海山低下头，停了好一会儿。

“我想，是宣讲他们的信仰。”

沉吟一下，他又说：“就是要让大家对动物产生深刻的同情，然后，放弃吃肉。”

哦。

我已经领教了康家对“肉”的节制。

康海山曾用循序渐进法，改掉家中每顿四个菜至少两盘肉的习惯。现在，邹陵几乎不吃肉了，他和康培，则是在保证营养的前提下，吃很少的肉、蛋、奶。至于大儿子扆容，被微软公司派驻台湾，已经结婚的人，生活方式是人家自己的事。

“日常老和尚说，人类早晚要被自己饿死，战死，毒死。”讲起福智的精神领袖，康先生充满敬仰和信服。但他绝不做作地告诉我，他和邹陵，不会一味以“听命”上师的态度与福智相处。

都是受过高等教育的知识分子，岂能放弃独立思考？

“美国人太爱吃肉了。资源如此丰富、幅员如此辽阔的一个大国，早晚要出大问题。”康海山谆谆教导我说，“不吃肉的人，从总体来说，会减少对地球资源百分之八十的消耗。想想看，倘若多数人养成良好的生活习惯，至少人类不会轻易被自己掠夺性的消耗‘饿死’。”

请原谅，我用了“谆谆教导”这个词。康先生身上，确有教书匠的影子，虽然他真的谦恭，不会卖弄。可一旦碰到环保话题，语气就课堂化起来。

后来，还是远在浙江舟山的丽丽告诉我，为宣传环保，康先生曾经自己出资办过杂志和做过好多年的电台节目。这不就像我的“好为人师”，常常将自以为再正确不过的理念，逮住机会就唠叨一番。

人呐，心里一旦插着杆旗，给点清风就哗啦哗啦飘！

还是继续听“长筒靴”的宣讲。

听着听着我担忧起来：“150 英亩土地的农场是花 300 万贷款买的，收留各种牲畜，接受遗弃宠物，招募 15 名固定工，开销得多大！”

他回答：“年开销约 80 万。资金来源为捐助、门票和售卖一些纪念品。”

我是大连慈善总会的老会员，不想只是看看热闹，借此机会也要学点东西回去。而我想到的，正是康先生带着福智任务前来考察的题中之义。于是，我提一个，他问一个，来来回回反复用中英文做两边问题的交流、切磋。

女人的天性让我没法不刨根问底：

“母鸡下了蛋，奶牛出了奶，养生园怎么处理？”

“全部拌进饲料，工作人员绝对不会吃。”

三小时后，我们都有些招架不住了，而那个“长筒靴”还余兴未消。运了口长气，他走进有可能捐赠或成为义工的最后一批参观者的队伍中间。

康先生说，除了个人有意捐款，将建议福智派年轻的义工来。

“边学习边做事，再考量福智开设养生园的前景。”

远处，在中国画里经常出现的符号式景观，倏地夺走我的视线。只见垂柳依依，池塘清澈，水面浮游着几只羽毛泛光的鸭子。

这和我在国内见过的江南水乡别无二致。

我身处的位置正好是构图前景。几丛芦苇，高高低低的，似轻纱飘渺。眯起眼睛看，整幅画完美到似乎有人在这儿建造过一座东方园林。

掉过头，左边依然浓郁着北美的秋意——红枫树，褐橡树，青绿色的松柏，富有油画质感的树干，粗粝且壮实，华盖巨大的核桃树下，山泉像撒欢的孩子，喊叫着、奔涌着，肆无忌惮；落叶覆盖的石板路，与溪流并行蜿蜒，一直通向密林深处。

中西合璧，对立统一。善哉美哉！

等我回转身，见康先生正等在那儿，他很谦虚地对我说：

“我觉得你讲得有道理。任何需要发动更多人参与的事业，必须在经济上找到可持续发展的路。福智没有好莱坞资源，一开始的动作，不能太大。”

这位理工男，总是在人家偷懒耍滑的时候，说些近乎真理的话。

在美国人家里聊养生

康培目前的常备药，只有一瓶小小的心脏急救丸。这也是我随身带的，只是为养护心脏而备，仅仅用它解决心动过缓，也有点儿心理依赖，并非用它治病。康培畸形的心脏，中西医都治不了，可只要因高度缺氧跌倒，立即往嘴里塞粒气味浓烈的小药丸，他便能缓解窒息，有力气抬身。

似乎屡试不爽。

狗狗们深知“爸爸”危急时候的需要，老闪闪、丑菲菲，和后来居上的乖傻傻，都会用爪子将滚落在地的药瓶推到康培够得着的地方。

为阐释“五部分 37 章”，康先生特意写道：“因为没有肺大动脉以及右肺没有长，他被医生定为是第四级的病人。医生说四级法洛四联症没有手术可做，医学史上这一类的病人最多只能活到两岁！让我们把孩子带回家，随时准备后事。医生开了两种药，地高辛和利尿剂。如果看到培呼吸困难，皮肤变蓝，就给他吃地高辛。如果看到他眼睑或手脚发肿，就给他吃利尿剂。剂量随意，只当急救使用。于是我们就把培带回家，开始了他随时可能会离开的生活！”

康海山还写道：“培 6 岁，因玛丽艾伦恩果医生发现他患心肌炎，收他住院治好。12 岁，培背脊椎弯曲，乐文医生为他做矫正手术，放两条钢管在他背里，让培可以直立生活。”即使地高辛和利尿剂的作用似乎都来得太短暂，康培能够成活和成长，一定程度上也得益于过早期的西医西药。最明显的是，用手术矫正弯曲 55 度的脊椎，往背里插两根钢管，绝对属于西医大夫的医心仁术。

然而，“9·11”后，一个接近30岁的人，身心骤衰，危情难逆，不得已搬到山里，欣欣然做了自然之子。康培的观念，便由量到质，离开一般概念的医学手段而虔诚地融入天地，摸索出一套自己的养生经。

康培有很多强化见解的例子。

这曾经是康氏父子每天必做的功课。

一位于姓朋友得了肝癌，康培和老爸邀请这个年轻人来上州别墅享受最新鲜的空气、最超脱的环境，让他像山风、山泉、山鸡一样，放下社会人的既有烦恼，优哉游哉，心无旁骛，开开心心活下去。

“哪怕是死马当作活马‘靠’，也要走得舒服。”

可朋友只住两天就回了纽约。

还是去住院，化疗。

“走的时候我就知道，他肯定没有救。因为他眼睛里写满了放弃，全是一个字——死。”

说这话时，康培用食指戳向前方，饱蘸谴责，不留情面。

当然没过多久小于就死了。

我以为，这算不得一个称颂康氏养生经的典型案例。

但康培强调人的精神能动性，把悲欢不惊、感应日月，看成救赎自我的重要因素。

倒是康先生半说笑半议论地讲“山泉治眼”，让人觉得十分有趣。

邹陵有个在附近带孙子的堂妹，一天她告诉姐夫自己的眼睛出了问题，左眼高右眼低。康先生亲自陪她去看医生。医生先用矫正镜贴糊在她眼镜上，三个月后又换成特殊眼镜。几个月里，这个眼病患者反复看病，糖尿病、高血压、精神科……转遍科室求诊断。可是，医院既不给确诊，病情亦不见好转。

好伤脑筋！

有一天，堂妹突然跑来问姐夫，此地可有好的山泉？中国人都在讲，某月某日正阳时，用了好山泉将如何如何……康先生说，小路村那边有眼很不错的泉，当年，丽丽就用这处泉水给培做饭洗澡，为救治他起了大作用。被康培称作阿姨的眼疾患者拎着桶就去了，果然，水好清冽！阿姨也顺便洗洗脸，还认真地洗了眼睛。

开车回转，阿姨发现眼睛不舒服。原来，是矫正的眼镜起了反作用。她赶紧摘下眼镜，裸眼开车，竟发现视觉已恢复。嘿，再去医院检查，左眼高右眼低的问题消失殆尽。

哈哈，张世功说，神泉，咱们得去一趟。

康先生担心我误会他“歪批三国”，改了笑谈语气，一本正经跟我说起他对中西医的理解：

“西医是身体观，中医是生命观。所谓‘身体观’，就

用神泉洗了眼睛后，几位先生问我感觉如何。我说等左眼高右眼低的时候再来吧，人家神泉不治没病的人！

是把人体看成是一个静态的、可分的物质实体；所谓‘生命观’，就是把人体看成一个动态的、不可分的一个整体。”

对比着，他举了些自己见过的家人朋友的例子，最后做了精辟总结：

“西医无论如何解剖，所看到的仅仅是生命活动剩下的痕迹，而非生命活动的本身；中医沿袭道家的方法从生命正在活动时就参加体验，所以，掌握的都是生命的活体。”

颇有几分学究气的概括，让我相信，康培已经让他这个工程师爸爸，采用背诵莎士比亚的毅力，在深厚的国学基础上通晓了中医哲学观。

当年，为帮助小儿子减少痛苦，康海山曾经跑到台湾跟吴若石神父学习足底按摩。与那会儿注重就事论事解决问题相比，现在的他，不啻是由形而下到形而上的飞跃。

当然，对康培而言，老爸用吴神父的足底按摩法，快速解除他身体的痛苦，远比跟杨阿姨说的道理要来得实际。

康海山告诉我，康培并不因为不依赖医学就不讲究科学。他时时注意自己的体能，绝不做过度消耗；室外温度一旦低过20度就不出门。家中一直用太阳能发电维持在25度的恒温。他觉得有力气就做点儿事，有灵感就写写书，保持精神愉快，不受“悲伤，愤怒，抑郁，嫉妒”的人类典型情感所拖累，是他养生经中最重要的“核”。

“每当难过，沮丧，或出现愤怒，我会快速让那些情绪消逝，然后忘掉，不让恐惧控制我。

“杨阿姨，我不能允许自己的思考和行动受负面影响而做出错误的决定。

“有时候你根本无法控制别人会让你继续生活下去或者干脆就停止。既然要发生的就一定会发生，那为什么要为不可预见提前担心？”

哈哈，听他说这些，说得那样自然，不装，你会看到养生观念与生活方式对于人的寿命所起的作用，有时候，可能都不止大医生所说的“百分之六十五”！

但他照样拥趸老爸敬畏中医，也会时不时嘲笑一下现代社会那些无聊的忙叨：

“顿顿汉堡，天天防晒。杨阿姨，全身涂防晒霜，就是全身搽化学药膏……美国自己的医学杂志都承认，他们把对青年男性用的临床试验，一股脑儿用在老人孩子女人身上……全都是为了赚黑心钱！钱，钱，钱……”

一说起这样的话题，康培就气不打一处来。

很显然，今晚的聊天该收场了。

我发现康培脖子上戴了条手工制作的链子，随口问道：是什么东西，谁送的？他一把掀起，要摘下给我看，可是被眼镜挂住，让他半天取不下来。

怕伤他自尊，我端坐着，对他示意“不急”。

可说时迟那时快，原本在一旁自顾自瞎晃悠的傻傻，一个腾身而起，咬住链子就配合“培爸爸”做起潇洒的二传手。

除了康先生，我和张世功都惊得目瞪口呆——

呜呼！康培的狗，可比小路村的神泉精彩多了。

身体舒服的时候，康培让健康的人都心生嫉妒。

第八天

11月3日

康培的第一条狗叫“英雄”

1987年，康海山的房地产生意做得风生水起。

工地需要一条看家护院的狗，他就到狗的领养机构去挑。孩童时，海山跟台北老家的狗处得有情有义，这一回，他想挑条凶的。不一会儿，便发现了韩国人养的秋田狗。

凶的未必无情吧！

狗狗约重100磅，阴阳脸，目光锐，不出声音，却威风凛凛。好。

刚满10岁的康培，已经跨越了“两岁”的生死临界和“六岁”的有惊无险，脊椎也还没弯曲到必须做手术的55度，正处于生命中的阳光时期。

他立马喜欢上了这条狗。

邹陵和康容也接受了它。

于是，康海山为器宇轩昂的秋田狗起名“英雄”。

像八卦图一样黑白分明，狗狗英雄的面孔让人过目不忘。

在康培心里，英雄是他的第一个狗友。每到周末，就去工地跟它玩。

眨眼几年过去。

1993 年 6 月，康老板投资的房子盖好了，英雄的职业生涯随之结束，它被带到纽约，住在康家公寓阳台上。

英雄非常聪明，尤其懂得康培，对这个小主人忠诚、体贴，十分够朋友。

一晃三年过去，13 岁的英雄现出老态。一天，妈妈对康培说，英雄不行了，让它安乐死吧。

不待邹陵说完，康培火冒三丈：

“不能让它舒舒服服地自己走吗？谁都有老死的那一天。你也一样！不许你们给它打针！”

那会儿，康培口齿不灵，心脑活动不同步（后来才找到这种说法，其实是严重缺氧的病态反应），动不动语无伦次。越是急于说完，越是耽误时间。但和妈妈吵架，逻辑基本严密。

为阻止大人一针毙命的决定，康培放声哭吼。

声音很大，惊动了英雄。

它无力抬头，却竖起耳朵静静聆听。

它好像什么都听得懂。

其实家里人对康培和英雄的关系，门儿清。

毕竟九年了。

他与它，私底下交往最多。但是处到哪个份儿上，正在事业上升期的妈妈并没仔细想过；康海山虽然更了解一些，也特别喜欢英雄，但不尽理解这种过命交情般的人狗情谊。

如果康容在家，也许不言自明。天才康容以为自己洞悉康培的全部心思！此刻他已在哈佛读书，并不会参与到这场争论中来。

康培懒得解释。

他知道家人不会一味和他对着干。

他有身体残障，脾气暴躁，家人为什么要为一条狗把事情搞复杂？

可即将失去最亲密的“亲人”，还是令康培陷入无法化解的悲戚之中。

由于这几年，在哥伦比亚预备高中，他深深领略了人性中的黑暗。自己与常人不同的形象、举止，经常被嘲笑；不会泡妞，也被故意喊成基友；因穿得随意甚至邋遢，动辄遭遇富家公子欺凌；功课做得烂，更是学校和课堂的笑柄……

无邪的快活被相片定格。但14岁以后，即使笑，康培的脸也不会这样单纯了。

他只有很少的校园朋友，却有太多的青春烦恼。

偏偏他心高气傲，很早就建立了文人尚武理想。早在五六岁时，就写写画画，梦想做地球保卫军。没人愿意倾听他的愤怒——尽管老爸一直鼓励他，“哪怕一天写一个字，一年就能完成365个字”。可温良恭俭让的爸，做不了青年叛逆者知音。在康培孤独的世界里，能一块打牌的，不能与之聊文学；能伙同翘课的，无法赞成他同情弱者；看重他不装腔作势的，却有自己的活动天地……那么康培一肚子的委屈、愤懑、纠结，向谁倾吐？

唯有英雄。

英雄的最后三年——10至13岁，恰是康培的16至19岁。英雄暮年，仿佛深谙世态炎凉，人情冷暖，也能体察康培心里的沉重和无助。

康海山在“伊妹儿”里写过这样一段：

“康培说，世界上最可怕的动物是人，野生动物除了饥饿觅食，不会伤害其他的生物，而人不同，只有人才会打杀抢夺其他人的财产和生命。”

三天后，夜已深。

英雄蜷成一团，趴在门口，后背有肉眼觉察不到的呼吸起伏。它显然是在等候康培归来。

康培没像以往那样对它捋捋毛拍拍背，做很多体贴的交流，只是摸摸它的头，说：“英雄，我很累了，明天见。”

过了会儿，他听见英雄在抓他的房门。

“它用爪子抓门的声音，一下一下的，忽高忽低——是想让我起来陪它。我听得懂。”

可 19 岁的康培，真的很累了。

没过多久，英雄出现在他的梦中。

那是它年轻时候的样子。

“培，我要走了，你不要紧张。”说罢，一个转身——桀骜不驯的气质满是不惧死亡的骄傲。

“它走得好神气……”

第二天一早，妈妈对康培说，英雄走了。

“我知道。”

这条狗予康培最后的友情，是为他演绎神圣的生命该如何终结。

康培觉得，他为老友“英雄”争取到的，是告退世界时的尊严——落叶归根，倦鸟归林；生命的结束，必须顺其自然。

“那才死得舒服。”

自此，康培有了他理想中的死亡之仪。

大儿子康容。年轻的脸上溢满青年才俊的踌躇满志。

我哥哥当然好，他带我出去混

大康培三岁的哥哥康容，不仅发育好，身体棒，而且从幼儿时期开始，就优秀得让不善于炫耀的父母，能一辈子将他的那些事挂在嘴上。

还不会说话呢，带他出去玩，康容咿咿呀呀拽父母回家，惦记什么？原来，出门前，鞋没摆规矩——以往都是端端正正放好才出去的！

七八岁那会儿，小朋友到家里给他过生日，礼品中有他想看的书。接到手，康容立即沉浸其中，全然忘记周围有那么多小客人在跑动、游戏；直到客人走光，他马上一字一句给爸爸讲那本书，讲得细致入微……不行，太长了，得讲到什么时候。康容立马改用一两分钟，为爸爸做浓缩概述。

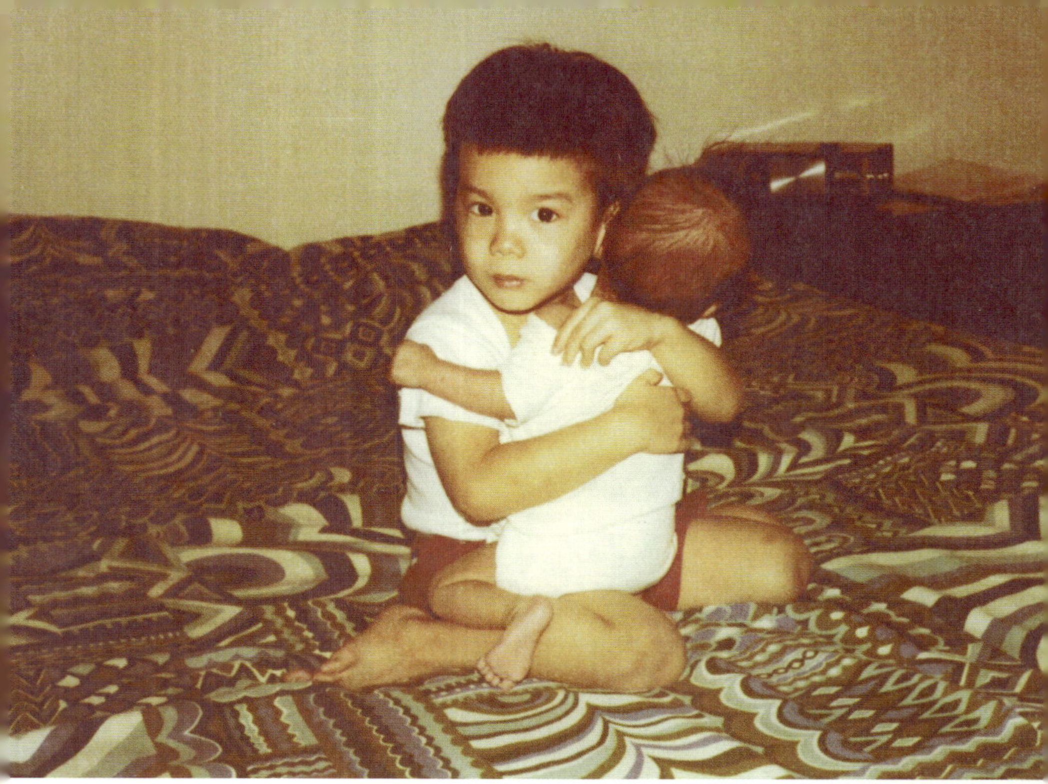

哥哥爱弟弟，没有起始日，也没有终结期。

归纳之精到，让老爸惊愕不已。

“流畅，完整。太不可思议！”

康海山称康容是天才，像在说一个别人家的孩子。

邹陵提康容的不一般，似要顾忌别人觉得她洋洋自得。因为，母子成就相互映衬。

爸爸告诉我，大儿子康容没有童年，从弟弟出生，便分分钟陪伴他。父母跟培讲不通的事，交给容去办，很快就OK。

妈妈告诉我，康容从不和弟弟争，只有一次他问，为什么弟弟要玩具，多贵你们都给他买？

“只问过这一次。”

放学回家，兄弟俩把课本放到电视机前。弟弟胡写瞎写，哥哥只能叫他不要乱跑，千万别摔跤。至于自己，则是另一番景象：

“播节目时，他全神贯注瞅电视机；播广告时，再全神贯注写作业。”

一奶同胞啊！

尽管康容18岁就到哈佛去读东方研究专业，后来又进斯坦福读工商硕士，眨眼当了比尔·盖茨秘书，游走于地球村的东西南北，目前有自己的家庭，生活在台湾，与康培的差距拉得越来越大，然而，在康培心里，却没有一分钟失去过这位够意思的兄长。

“哥哥为你做的最好的事是什么？”

“教我成为棒球达人！”

在一本描写纽约人的漫画书中，作者曾告诉初到纽约的人：“你若想和纽约人交朋友，你就告诉他，你是扬基队的铁杆球迷。”

而如果纽约人请你在扬基队主场看场球赛，那说明你们之

美国的棒球文化其从众程度，相当于遍及华夏的麻将和扑克。

少年康培为毛绒玩具取了大都会棒球明星的名字。

间的交情确实不错了。

最能说明纽约人对扬基队情感的例子，要属政治家们的游戏：他们在竞选时，无一例外声称自己是扬基队的铁杆球迷。纽约市前市长朱利安尼在与美国前总统克林顿的夫人希拉里竞选纽约州参议员职位时，曾头戴扬基队的球帽到处拉选票；希拉里也不肯示弱，在纽约各地拉选票时，也戴起了扬基队的帽子。

“杨阿姨，美国孩子怎能不懂棒球？”

他告诉我，美国男孩聊什么，聊大家最关心的棒球。聊到比会打棒球的都内行，他们就会情不自禁地佩服我，说我可以做他们的教练。多酷！

是啊，棒球让培培有男人气概，纽约风度。

康培不仅熟悉有百年历史的扬基棒球队，即使1962年诞生的大都会棒球队，那里的著名球员、近期战绩、球队赛事、名人堂球员，他聊起来也一套一套的，信手拈来。而且旗帜鲜明地支持大都会棒球队，不管自己喜欢的、敬重的人多么在意扬基队，他都对大都会棒球队“从一而终”。

为了教会行动不便的弟弟“打”棒球，康容自制了很多道具，直到把家里百叶窗窗帘全都打个稀巴烂——康家，从此不再安窗帘。

“一个S，就是全垒打。一个老K，就是三垒打……”

不出门的时候，康培便和哥哥、抑或自己一个人“打”棒球，用他发明的棋牌对阵，也用玩具对阵。兄弟俩组成的扑克牌棒球队，既可以两个队打，又可以二十几个队按照专业队的方式打个没完。上垒，盗垒，触杀，安打……满嘴术语，不亦乐乎。

“培可以一直打一直打，打满全美职业棒球队全年的162场！

“他的毛绒玩具都有明星球员的姓氏，还做了各种简易的奖牌、奖旗。他经常学着专业解说员，在房间里对‘全世界’听众做冠军决赛的现场直播。”

回忆少年康培在虚拟的棒球天地那样忘我、亢奋、快活，康海山好似听见儿子的心脏跳得越来越有力气。

听每一个人从自己的角度讲康培与棒球，你会看到美国文化的某种特征。用棒球竞赛释放生命能量的民众狂欢，很大气，很快活，很是把“玩”当一回事！

正是这些地方让我感到，纽约与我生活的城市，蛮有可聊的东西。

不管是历史上的被动开放还是现如今的主动开放，大连，对于外来文化一直有很强的吸收能力。这个地方，残疾人将轮椅摇进球场，年轻人将婚礼办到赛场，老婆婆成为足球角的主讲，经年累月，不足为奇。

大连不仅出足球人才，也是中国棒球活动开展得最早最好的城市。1988年首届服装节期间，我们正忙得不亦乐乎，代表市政府在一线掌控局面的丛吉士副秘书长突然消失了。

后来才知道，他带中学生棒球队去日本参加美、日、中三国中学生棒球赛，以三场皆赢之绩夺取冠军。我的朋友任举一，乃中国棒球界资深裁判，凡国内重大赛事，多为裁判长。至于我，虽不敢在纽约的棒球达人面前班门弄斧，也是可以一脚门里一脚门外地侃一阵子的。

“那么，哥哥让你最感谢的事情又是什么？”

“带我出去混！”

“混这个字，真叫他用绝了。”

动词的生动，内容的宽泛，听觉的痛快……离开美国回到家，每每想起，我就会笑着想念他说这个字的淘气样子。

一个早在婴儿期就被判了“死刑”的四级法洛四联症患者，跨越童年、少年、青年，“混”过一个绚丽的、光怪陆离的、需要他参与声张公平的大千世界。

奇迹！

哥哥康容很会交朋友，也将自己的朋友介绍给弟弟，男的，女的，林林总总……如黄诺曼、陈丝如，虽因康容而康培，目前却是培培引以为傲的生命中人。自从康培从康容那学会如何交朋友，怎样和不同的人“混”，视野便开阔起来。每当有他看重的人向他靠拢，而自己又能和各色人等打交道，就会在心里默默地感激哥哥，觉得康容赐给了他人生福祉。

如果说，康容把精英朋友介绍给弟弟，有帮助他好好成长的良苦用心；那么，举行婚礼时，邀请康培做唯一的伴郎，则把康培所理解的“混”，推向至高境界。

生活需要制造形式给岁月做标记，于是就有了吹生日蜡烛、致婚礼祝词……

康容迎娶的是台湾豪门千金，摆酒场面堪称隆重，在一个铺垫得令人期待的环节，主持人邀请伴郎康培致辞。

身高就那样了，双腿依然瘦着；体面的燕尾服，健康、诚挚的笑容，让做伴郎的这个人有种气场强大、目光诱人的神奇。

手持酒杯的康培，突然有几分恍惚，看着台下那些知道他或不知道他的人，一时语塞。结亲双方都是华裔，宾客也多为华人，还有鬓发斑白的奶奶——他最敬重的康家长辈，正坐在那儿殷殷地望着他。

此刻康培在哥哥心里，颇有“英雄”那样的器宇轩昂：“这是我的弟弟，一个绝不怕死、活得很有意义的亲人。他来做伴郎，真的让这场普通的婚礼非同寻常！”

康培不得不使用自己熟悉的英语：

“我和新郎，都是出生在美国的中国孩子，也是最好的生命伙伴。感谢命运，让我得到世界上这样一个人——我的哥哥康容。他的爱，一直伴随我，让我活得好开心……”

不必翻译，所有听众都被他的真情打动。

康培哭了。

全场流泪。

康培在哥哥康容（右一）的婚礼上举杯致辞。

在亲情、友情之外，康培还得到过更美的吗？

康海山并不具体回答这个问题。

培培则毫不忌讳。

他跟我和张世功说得直白极了：

“丽丽是我的女人！”

晚上，大家谈得尽兴，又扯出男人女人话题。大概是我讲了些大陆的情况，还提到马斯洛行为科学的需求层次。

大家混熟了，我对安全的过度敏感遭到小康、大宸、张世功三个美国佬的讥笑。我说经历过“文革”，世风不可控，我当然害怕再次遭遇不测。先生出差，晚上睡觉前我会在锁好内锁后，搬盆水放在椅子上堵门。来到你们熊村，只要夜里有响动，我就猜测院子里会不会有“熊出没”。

哈哈，那时候，比现在更高的山里，只有我和丽丽两个人，我们从来不知道什么叫害怕。

灯光打在培培脸上，头发和皮肤，泛着健康的光泽。

关于丽丽，康先生让我和邹陵再深谈一次后与之联络。她在浙江舟山，和康家从没断了走动。

但康培几次三番引导我，倒让我的采访显得“欲擒故纵”。

我当然非常想知道一个感情丰富的壮年男人，他对女人作何解读。而这个女人，谁都同意给她贴“救命恩人”标签，但就像不同角度的棱镜映出的影像有别，城里乡下，莫衷一是。

深入生活做现场采访，作者应当守住伦理边界，不能为了获得独家内容，置人类约定俗成的规则于不顾。好像一张拍摄越战时美国兵枪击孩子的金奖作品，就被国际舆论怒斥为：“在可以救助生命的瞬间，作者摁了换取名利的快门。”

我不会违逆康家全权发言人的意见。

又一天的闲聊即将结束，康海山问我和老张：

“想看小路村那个神泉吗？在买这个别墅之前，我们在那里租住了半年。”

康培赶紧说：

“杨阿姨，九年前住在那儿的时候，我差不多就要死了。样子像个鬼，真的好可怕好可怕。不过后来我叫丽丽给养得好胖，真的好胖。”

培培等着看我回应的表情。

这小子，在昏黄的光影里，浮出一脸高智商的坏笑。

这是儿童康培在纽约家里制作的小玩意，也是他不管住在小路村还是现在的别墅始终不离身边的东西。

第九天

*11*月*4*日

“快到了！”

“9·11”后，曾有那么一段时间，康培的身体每况愈下：毛发一天比一天干燥，头皮形成块，一碰连着头发掉；皮肤瘙痒，吞咽困难，四肢无力……

药物帮不了，按摩仅能短暂化解痛苦。

不足百斤的小伙子，一心想死。

手足无措的爸爸，以绿地为导示，拉着儿子在纽约市区转，企图给儿子最好的空气、最美的环境，让他获得哪怕很小的生的愉悦。

当火爆脾气的儿子和母亲一再交火，关系降到冰点，纽约城已经没地儿可去，父子俩转到纽约上州的山区。

这里植被丰饶，树林茂密，是个永不衰竭的天然氧气库。

康培请求爸爸，能不止住一两天就回去吗？

那好，我们来看看谁在往外租房子。

像这样黑瓦白墙的别墅，在上州十分少见。

一个赚了大钱的波兰籍发明家，在卡茨基尔州立公园的山里盖了座豪华别墅，同时又盖了一套小点儿的。因为多半时间人不住在这儿，租住他家那套小房子的人家，也就同时替他守护着物业。

这儿距康先生现在住的别墅约30公里，风景稍差一点儿，突出的是水系，既有天然的，也有人工的。一路上，遇到好多河流与湖泊，让人不禁为这里水资源的丰沛感叹。

穿城而过的一条哈得孙河还不够吗？难道非要让全世界的淡水都归你们纽约人所有。我朝康、张二位“美国佬”发泄“不满”。自己生活的城市，缺水是个大问题。我继续说，地球上71%的水（这是个错误概念，71%是海水）至少让你们占了一半，所以我们干旱，你们多雨。

没有康培在，大人们讲话可以加很多作料。张世功貌似公允：纽约人最会保护水资源了，他们每天对水源地做N次化验，入口安全不说，也替人类守住了一方净土。以后你可以每年到这里来吸氧，喝水，找回健康。

我说，才多长时间，你就被彻底洗脑！别忘了自己也是从大陆来的，不是每个人都觉得美国的月亮比中国圆。

本来是打哈哈，康先生却认真起来：大陆人优秀的确实很多，杨老师我不敢评价，但善良的丽丽，非常能干，办法好多。没有她的出现，康培不可能在这个房子里站起来。

“站起来？”

康海山主动讲起丽丽。

其实，背后夸丽丽，父子俩几乎无时无刻不触景生情：墙的颜色啊，丽丽选的；所有的布置，都是丽丽去买的；找朋友来住，是她的主意；她会砍价，又是年轻女士，买大件东西供货商会主动帮她……

“那会儿康培瘫了？”

“差不多是具僵尸。”

“你要 24 小时服侍？”

“累得精疲力尽……”

“就像寻找沈太太和张世功那样打广告了？”

“没有，我已经放下一切……”

“于是丽丽就像海螺姑娘现身？”

“过去帮过她，非常小的一件事，大家并没做朋友。她打电话来问候，我们这里信号不好，却偶然接通……”

在纽约华人圈，特别是大陆来美洲闯荡的年轻人，会互相传递康海山的电话号码。康先生曾用两堂课时帮助丽丽轻松通过了美国公民考试。半年后，知恩图报的浙江姑娘张静丽，也就是丽丽，想起来应当对这位“菩萨”做个起码的问候。

正要听康海山往下讲，却见他一踩油门往山坡上开去。

两扇象征私家领地、颇有气派的铁门半开着。

“快到了。”

这是毫不夸张的三个字。

但我在心里笑了一下。

我曾想过，这恐怕是培培听了三十多年，听得最多也几乎不去想它是真的还是寓意无穷的一句话。

随康海山在他家别墅附近走路，不管是遛狗，买菜，取信，办事，觅景……他永远从容不迫地走在前面，我也总是小跑着撵他。人很累，又不想认输，几次用话暗示，可不可以小小地停下来——俺们在大连，也是坐私家车出行的——哪里会用自己的双脚每天每天几英里、十几英里地丈量土地？

但，此人就像在给国家队选手做陪练，一边问“还好吗”，一边保持快速度，没有一点儿想停下来的意思。

“还有多远？”

当年插队庄河——“文革”期间，大陆曾有几千万知识青年、上千万城里人，被下放到农村，我也是其中之一。在辽南农村零下 20 多度的风雪里向老乡打听道，回答总是一句恨死人的利落词：“不远！”康海山这个美国山民，音调当然不同于庄河那边的“威海小片”——混杂着山东胶东方言的土话；教养也好得极其绅士，可一样的回答，能激起问者动武的冲动。

是的，“快到了”。每次问，他就这样应。

乖乖，望山跑死马！

康先生的“快到了”与庄河人的“不远”，等量齐观。

曾经好多次，当我觉得自己在所谓“不远”的路上又翻越一座山，恨不能跑回去将手上的拾粪叉戳向指路老乡。现在对康先生，心里也是暗暗扇过耳光的。

但慢慢地，我发现，康海山的木讷乃属表面现象，他并不傻，就是不动声色逼人练腿脚。同时还暗示，只有走到痛感降低之时，方可领略徒步走路、亲近自然的乐趣。

随着了解的深入，大康的“快到了”和小康的“不公平”，两句带有宿命感的口头语，在我心里形成对他们父子性格的观照：

纽约州人均拥有四亩森林。只有作者这样的局外人才会大惊小怪，一次一次地将这种杂树林收进镜头。

爸爸的“快到了”是“笃信目标”。

每每让人想起毛泽东精辟的语录：胜利往往就在那再坚持一下的努力之中。

儿子的“不公平”是“嫉恶如仇”。因身后有个不依不饶的死神在追，他做起事来更在乎时间，更关注做对了什么，做错了多少。

正想着，我们的车在目的地停下。

这里叫小路村，是康家父子和丽丽曾经住过半年的暂栖地。

康先生指着大斜坡顶、黑瓦白墙的房子说，就是这儿。

不同于中国徽州民宅的白墙黛瓦——那是水墨画风格的作品；眼前的房子紧实、坚固、朴素。卧于盆地中心，每个屋脊角都装有避雷针——最是美国山村具有个性化诉求的宅邸。只不过，此别墅与附近豪华的主别墅对比，不免规格小气势弱吧。

此刻，明亮的窗玻璃折射着七彩阳光，颇有童话剧布景的感觉。我说，这应该是小红帽和白雪公主住的地方。

目光所及，看不到任何邻居。这里离公路也不近。

小路村豪华别墅的伴生屋。地面上的三个光影是康海山、张世功和作者。于是，久远的苦难就成了新故事中一个令人遐想的章节。

阳光将我们的影子投在草地上，人影绰绰。空旷的院子，便陡添了人气。

想象不出，一个形容枯槁的青年男子，一个偶然留下来帮忙的少妇，如何度过这寂寥、难挨的朝朝暮暮？

听着康先生讲述，脑海中不由得浮现出丽丽的身影：

她正对着学习爬行的康培数数：1、2、3、4、5……

像啦啦队似的，丽丽对他高喊：“想想张海迪，想想勇敢的人……康培，你这个什么也不少的男子汉，一定要相信自己能够站起来！”

和康培刚接触，他就两次问过，“张海迪”是这样发音吗？这真是奇怪。大陆著名女作家张海迪（哲学硕士，英国约克大学的荣誉博士），虽然影响了中国无数对生活失去信心的人，几乎是身残志坚的代名词，但她红在20世纪八九十年代，是理想主义的一面旗帜。随着英模辈出、新人占位，现在已经很少有人像康培这样，把她奉若神明。

“丽丽说的。”

康培的语气，让人不可轻慢。无论对丽丽，还是对那个人生榜样，有一丝亵渎之念，都会显得肮脏。

没想到，大陆的意识形态教育，在太平洋彼岸发挥了积极的实际作用。

突然，张世功问康先生：“这儿太偏僻了，食物到哪儿买？”

“我一周来送一次。”

怪不得康培说，那里只有他和丽丽两个人。

黑瓦白墙的房子现在锁着，显然没有租客。说了会儿闲话，我们就去“拜谒”附近的“神泉”。所谓附近，也有一两英里。

不知什么时候，有人将泉水引入长长的铁槽，伴到公路边，任何人随手接着，喝水洗脸都很方便。

张世功和我照例做了一通，我还洗了眼睛。

唯独康海山，安静地陪在一旁，好像他不需要“神灵”关照。

哦，人家的别墅里，早已为山泉挖了深井。

一阵风袭来，不禁让人想起每天都要来取水的丽丽。我想象着公路上，只有车没有人，她就那么一步一步走着，也许心里想的也是那三个字：快、到、了。

风刮了起来。

我似乎看见：

狂风中，接完“神泉”水的丽丽，怀抱两个大塑料桶顶风疾跑。

雨水灌顶，全身湿透，薄薄的衣衫，裹着她年轻丰腴的身体……

照片盛满20世纪50年代好多信息。康代光先生和妻子徐葆君，对未来的茫然影响了孩子们的情绪；唯有小四儿（那会儿他叫康制宪），傻傻的，以为前边有很多趣事要他去问个究竟！

所以他是有四川口音讲着国语的美国人

康海山的父亲康代光，早年留美，1949年举家赴台，20世纪50年代曾出任台北公专校长，继而出任国民党政府五院之一“考试院”的委员24载，直至退休。康老先生虽然也算“高干”，但把家安在教育机构的大院里，家风淳朴，书香氤氲，孩子们都读了大学。自20世纪60年代始，六个孩子各自拿着父母给的1500美元，男孩女孩，一个个陆续到了美国。

现在，一大家子四代几十口，分布各地，都是美利坚的公民。

出生在成都的康海山排行老四，娇宠谈不上，除了温饱，爸妈能给的，就是在关键时候，给予如同其他姊妹兄长一样的

眨眼间，迁徙美国的八口人繁衍为四世同堂的大家族。这一天，康家人为90岁高堂老母做寿，能来的都来了。缺的，仅是在88岁时突发脑溢血仙逝的康家老太爷，还有出不了门的康培。然而，康培相信他和爷爷一样，被所有的家人记得，爱着！

关键性点拨。

高中毕业，本来要投考自己喜欢的农林或文史，父亲跟他说，还是学理工吧，理工毕业生在社会上好找工作。当然，经历过大时代大动荡，康老先生的命运感悟，也是他指引后辈直面世事、在乎温饱的潜台词。

从台湾交大毕业到美国读研，康海山做电脑工程师的时间没几年，儿子生病，公司上市，就转而做了相对自由的投资商。代光先生80岁那年，才开口肯定——这个表面并不出众的康家老四，改工为商，做得还真不错。

康海山从父亲那学到治学精神。但他承认自己年轻时候兴趣太多，大学期间为组织各种社团活动翘课挂科，曾让父亲好个担忧。1969年23岁时到了美国，才终于发愤图强，做什么都钻研到底，也就一点点有了事业根基。母亲徐葆君，学历不高，直觉过人，是传统家庭中典型的贤妻良母。那天听儿子电话汇报杨老师的儿子叫徐杨，立即判断，杨作家的夫家定是姓徐。

就是这个已经没了视力的老人让儿子再找看护时，一定要找个男的。张世功来了，她又叮嘱：“假若培培有一天离去，你身边留着这个人，对大家都好。”

一个放风筝的人

我常被康先生的中文底子吓着。

第一次互报籍贯，知道我和邹陵一样生在嘉陵江边，他就问我见没见过“春来江水绿如蓝”，还说是母亲这样问过他。我说读白居易的诗时我早就离开重庆了，倒是去广西漓江出差，见过“绿如蓝”。

“我还以为那儿是水藻长得太厚了呢。”

“枯藤老树昏鸦”易，“小桥流水人家”难。

他会在我瞅着溪水发愣的时候，开辟话题。

树林里乌鸦很多，却见不到喜鹊。他就问，为什么一定是喜鹊报喜？乌鸦更聪明啊！于是就讲那个乌鸦一层层开盒取物的实验，说乌鸦记性好，与人为善。我告诉他，“乌鸦嘴”是中国人约定俗成的骂人话，乌鸦叫，是丧门星哀鸣，头些年，国内第五代导演变着法让一群乌鸦扑腾切换“蒙太奇”，寓意不祥意境……他就像逮着个中美比较的文学课题，要和我掰扯乌鸦和喜鹊，为什么会出现“橘生淮南则为橘，生于淮北则为枳”的不同，样子认真到我都不敢打断。

“哈哈，听你动辄白居易、辛弃疾的，还以为你浸透了华夏文化。原来，是‘学究气与文艺范混搭’，蒙人的！”

打趣他，他不恼。蛮有意思。

过了几天，他又提问：“想通了没有，为什么美国树林里的鸟巢少？”

我学着他的严谨：

“哪少了？你们这儿地域辽阔，树林广袤，鸟儿搭窝也是别墅级别——拉开间距呗！”

他很信服地边赞赏边阐述房屋存量与市场需求。好像天下大事，就在鸟飞鸟落的起伏中驿动。

嗐，老说自己是乡下人乡下人，没见过这样的乡巴佬！

明白了，总见他和康培有讲不完的话，敢情是引逗俺们发散思维，他好给儿子输送新的信息和有趣的谈资。

在康先生身边当英格力士盲，一点儿心理压力也没有，他不仅语言切换自如自在，不用中国人别扭外国人误会的洋泾浜，更抓得住重点，删减废话。听他跟求教的年轻人用中文说道理："尽人事，听天命。前者是主观能动性，后者是顺其自然，天人合一……"再见他发"伊妹儿"给我，说为什么要将water under the bridge翻译成覆水难收，不但没觉得他卖弄絮叨，反而觉得此人是那种"不知道自己是个长得好看的美女"。

"这些年，你觉得自己赢在哪儿？"

毕竟金融危机后，他稳扎稳打，没为赔赚动摇过价值观。

他提醒我：

"我真是纽约华人中，一个再平凡不过的人。"看我一再坚持，也就照实说了：

"我——勇气大于技巧。

"永远保持创业的主观能动性。

"只要给机会，就敢背水一战。"

思想极简。

也不扭捏作态，假装谦虚。

而且，语言和人一样清癯。

我亲眼看到，即使在一个很拥挤的时间段，连续接到妻子、儿子、雇员、房客、合作商、求教人一通乱麻电话，即使有的呛声有的愚笨，他都听得下去；回答时，总是嘴角上翘，

声音洪亮。好像那一个个人一件件事，都是由风筝线连着，急不得，躁不得。

“你是个放风筝的人吧？”

他很感兴趣：“对啊，小时候自己做风筝到大学操场去放。”我以为，这个“放风筝的人”，养成了在乎天气和风向的习惯，而现在，又修炼出敢于除却雾霾的主动和天真。

他的回答挺出人意料：

“与其说我在放风筝，莫不如说我是个爱做风筝的人。”

“此话怎讲？”

“小时候物质贫乏，和大哥三哥我们各做一个风筝。先用竹竿削成小竹条，用麻线捆扎，用报纸糨糊贴，再加上一条长纸尾巴，用钓鱼线拉。几个星期才能做好。拿到大学足球场去放，逆着风拉着拼命跑，风筝一点点爬高，最后会飞到一捆鱼线都用到尽头。

“风筝飞够高度，只要轻轻抓住，往下掉时用手挑一挑，就不会坠下。

“风筝玩多了，发现最好玩的是设计、制造，一旦飞上了天，只有坐在树下看风筝飞，并不好玩。”

虽然任何比喻都是蹩脚的，我还是感到自己的比喻没错。他就是一个放风筝的人！人生已过花甲之年，哪还用好玩不好玩定乾坤。

康培不是你的风筝吗？你哪敢用玩的心度过一分钟？

责任、义务、情感，那些剪不断理还乱的琐琐碎碎，那些生存的无奈和精彩——不管是一大把还是一小股，松松紧紧，都被您尽握手中啊！

“丽丽是你的徒弟吧？”

“这个徒弟的智慧可比我大。她一口气说出十条，就让我和康培，立即花60万买下骊村。”

呵呵，康海山终于接受“骊村”的叫法了。

台湾人称李叔同所做歌曲《送别》为骊歌，说是汉文版的《友谊地久天长》。丽丽在骊村绵延着真爱，我用“骊”给他们的别墅命名，亦是要让飞走的风筝丽丽，听到其中的弦外之音。

随手抓拍的熊村实景。那些看得见和看不见的温馨，让骊村独而不孤。

她可是一颗舟山甜杨梅？

张世功跑到我屋子，像送一封鸡毛信。

“丽丽写日记！”

真的？你怎么知道？

康培说的。他在小路村住的时候见过。他说丽丽第一行写的是：“康培一定能健康。”

可康先生说没有的事。你和她通“伊妹儿”问问不就清楚了。

我想，即使她真的写过，未必留下；留下来了，依照康先生的人权意识，也绝不会允许她不在的情况下让外人翻阅。

一会儿，康先生给我发来丽丽的邮件地址。

他总是这样，把执行和批准合二而一。

晚饭时分，大概三个男人都晓得我马上要得到丽丽的第一手资讯，分别给了我一些“独家新闻”。

张世功说，楼上还存放着丽丽 40 多套衣服。

上帝，怎么突然飞出个“豪华版丽丽”？

康先生见我诧异，解释道，都是她做生意的姐姐，穿了一水后送给她的，她好留着送人。不过，为不让我误读，他又加了些丰富内容。听得出，这女子，身上杂色多层，身世宛转有戏。

她是屠夫和厨娘的孩子，跟着一心向佛的奶奶长大，七八岁后才回到镇上读书。为圆美国梦草率嫁人，生了儿子后坚决离婚。爱染头发、逛商场、花冤枉钱，既是小太妹又学做大姐大，学历不高能力超强，人不特别漂亮但女人味道很浓……

这些，是我在他们父子杂七杂八的话语中提炼出来的。

再次说到丽丽，康培则用了作家技巧：

“第一眼看见，很普通一个少妇啊，比起我见过的纽约城

钟灵毓秀的舟山，是中国唯一有2000多个岛屿的地级市。丽丽就出生在这里。

里的女孩，太不出众了。”

但是，几个情节掠过，他又做出蹙眉耸鼻，一脸高智商坏笑的表情：

“她的头发，黑黑的，特别亮；皮肤……”他做了一个在空气中摩挲的动作，“像……”我替他说：“像缎子。”

年轻、丰腴的女性，这是最性感最拿人的美。记得我曾经因为这两个特征被派驻单位里的工宣队女头头痛批：

“你那个头发，苍蝇都能在上面打滑溜趾儿，你那个胳膊腿，被磨砂玻璃蹭过？一看就是资产阶级大小姐！”

闹得我主动剪了辫子，几年不敢穿短袖衣裳和裙子。

现在的80、90、00后孩子，无法理解工宣队这个名词，怎么还会有这样的女人来对我们——知识分子、艺术家、白领等等，进行侮辱性教诲。那是20世纪60年代，有很多事情发生得突然却又不可抗逆。那段历史已经过去四十多年了，我依然记得太多太多比电影还要生动百倍的细节。

可是，时至2005年，浙江姑娘张静丽，那么能干，那么善良的女子，她黑黑亮亮的头发和缎子一样光洁的皮肤，是在把看护、姐姐、母亲、厨娘、卫士、女友……多重身份集于一身又做到极致后，才终于被发现！

当她将全身脱屑的康培整夜整夜搂在怀里，一遍遍给他讲即兴编创的中国版《一千零一夜》；当她用从家乡学到的厨艺本事，做成让"僵尸"吃不够的佳肴美味；当她把大陆课本教育+世界心灵鸡汤，灌输给没了活气的康培，让他建立起做个好男人的信心，丽丽的女性的美，才由内而外，闪闪发光。

我十分想知道丽丽坚决阻止父子俩放弃圣地亚哥，动员他们留在卡茨基尔州立公园的山里买房子的十条理由。于是，大小康先生，认真凑出了经后来验证确实如此的如下内容：

1. 山上——纽约上州——气场特别好，有山、有水、有树的地方特别养人。但加州没树、没水。

2. 山上一年四季分明，比较合乎自然，对人的生长比较有益。一年四季有不同的风景，比较漂亮。而加州一年四季差不多天气，没什么变化，对生长没什么好处，时间久了也会烦闷的。

3. 山上的食物很新鲜又不贵，加州的生活费很贵。

4. 山上的房子便宜，加州的房子很贵。

5. 山上的地方大，邻居远，养狗狗没什么问题。加州地小，房子挨着房子，狗狗没有自由。

6. 山上的人比较单纯、善良。城里的人还是不一样的。

7. 康先生在纽约还有事情要做，去加州来回实在花时间、花精力、花钱。

8. 按照当时康培的情形，很有可能在去加州的半路上死掉。

9. 哪怕康培能到得了加州，以后想回纽约也是不可能的事情了。

10. 结合房价、生活费，山上是全世界最好的地方，最好的地方不住，还想住哪里啊？而且……

康先生说，在丽丽心里，最重要的也是她没有说的第十一条：如果全部人马（大小康先生加上她自己）落户加州，她没法看望留在纽约前夫家里的儿子。

丽丽说："我陪你们去，然后，我一个人乘飞机回纽约。"

丽丽走了，他们父子还去干嘛！

浙江舟山，是个出杨梅的地方。美丽可人的舟山姑娘，常被人用"甜如杨梅"加以褒奖。谁也没想到，平凡的丽丽，用一声在他人看来既不甜又不美的"自己走"，把康培的未来做了一次比预想中要好很多很多的安排。

杨梅结在江浙一带的树上。很甜。它既不是曹操用来鼓舞士气的青梅，也不是北方长在地上的草莓。关键是那个木字边的"梅"字，绝对饱蘸汉语文的神韵。

第十天

11月 5日

最好的妈妈，最好的学校

康培和我都喜欢“九”这个数，我们经常会为话题撞上“九”而聊兴大增。看得出，生在美国长在纽约的这个内白外黄香蕉人，还是接受了不少中国传统文化的影响。

我喜欢“九”，是因为它既表示多、吉利、尊贵、神奇，又有继续上升的空间。它会时不时提醒人：满招损，谦受益。中国过去行政区划上有“九州”，宗教祭祀上有“九庙”，姻亲家族有“九族”，学术流派上有“九流”……当然，我不会跟培培显摆这些复杂的说道。但我同意他对自己有“九条命”的概括，也喜欢听他跟老爸如数家珍地排列这个九那个九：

“我生命中的九个女人、九个男人、九次出行、九场棒球、九本书……”

不管培培对妈妈邹陵有多大成见，将妈妈置于九位之

邹陵曾经是个爱打扮的美人。三十多年后再来看她的少妇模样，就理解康海山唤她“陵”，并不仅仅是出自语言习惯。

顶，绝不含糊。然后是沈太太，然后是张静丽，以及其他亲友……头三位的顺序，恰恰扣合了他关键的几个成长阶段。不幸的是，给他生命的人，在我看来最为宝贵的那个女人，却与他的少年叛逆期，交合出性情中难以调和的矛盾。

用爸爸的话说，他们母子性情相克。

如果按照流行说法，“女人是男人的学校”来解读康培，他的命，真是好得一塌糊涂！

首先，妈妈发现他吃奶有问题，第一时间通知医生，寻找原因。这是有知识有文化的人才具有的清醒和敏锐。

于是医院及时诊断出他与众不同的先天疾患。自此，在死神的追逐下，在与死神的搏斗中，康培走上叩问科学、呐喊公平、自寻出路、热衷助人的生命之路……

然后，沈太太无条件地给了他超乎寻常的、最适宜生病婴幼儿成长发育的爱。

文化不高的沈太太，自打抱起康培，就对皮肤充满饥渴、需要倾听母亲心跳的婴儿特性，无师自通。她每一分钟都紧紧抱着被宣判了死刑的孩子；她不让任何一个人说出对孩子不祥的话，招惹孩子恐惧。“康培将来一定有出息”，由她最先告诉所有人。抱着这个信念，沈太太陪康培一盎司一盎司地长大；抱定不需要讲道理的执拗，沈太太让康培领略了只有母爱才能够企及的宽厚、温暖、细腻！

这位守护天使啊，您无意间制定的母爱标准，开悟康培的灵性，也让他挑剔女人的禀赋。

当然，张静丽的出场，是命运情节中的一个大跌宕。越是事先毫无征兆，越是让丽丽的女人味道，来得有起承，有转合，有平中出奇的讶异，也有水到渠成的完美！

“她把我抱在怀里，就是抱了块大石头……直到把我的身体焐热，把我的心融化……

“当时我的脾气糟糕透了，遇到不高兴就开口骂人。我不明白，她为什么不哭，不逃，不放弃。

“后来我的头发长出来，皮肤光滑了，人长得好胖。她才……差不多也精神病了。

“凭什么你要躺在床上。你缺什么少什么，和普通男人有什么不一样？”

杨阿姨，她说我和普通男人一样。

我这辈子，从没那么清醒的开悟：残障人的内心，比伟大坚强更在乎的，是与“普通人一样”。尤其是一个濒临死亡的男人，听到一个可爱的女人对自己做的评价——那就是说，既不能死，还要活得像个真男人！

一个在山里野跑过、在海边玩耍过、在讨生活的路上凄惶过、在学本事的圈子里奋斗过的中国女人，让见识过繁华的康培生出男人好奇：“她还有什么不会？”

两个在人群中也许不会彼此多看一眼的年轻人，在特定的环境，特定的时空，相依为命。

同情+认同，价值观+责任心，临时的帮忙+长久的陪伴……，让康培站了起来。

丽丽的爱，是天赐给康培的，传递美好人性的学堂。

生命中三个最重要的女人，投在康培身上的爱，风格、成色，大相径庭。然而一以贯之的，是母性。尽管康培用丽丽的柔软对比邹陵的刚毅，批评妈妈：“记不起来她拥抱过我。”（只能说他要的拥抱是沈太太式的亲昵，是丽丽“范儿”的热烈）然而，我必须说，三人相加、合成的爱，不仅让康培感知过世界上最好的妈妈是什么样子，也让他有机会接受最好的教育。

第一次见到邹陵，后来多次听康先生说起妻子，我太同意他的评价了：“仅从她为培选择学校这一件事来看，我就认为她是一个非常非常明智的人。”

“康培，没有老妈送的无数个人生大礼，你何以成为作家？何以成为高智商高情商的纽约先生？”

被需要是多好的感觉

德国姑娘海卡西罗瑟尔。

我在康培那儿得到德国姑娘海卡西罗瑟尔的照片，先是被她的美丽惊得大叫：

“怎么可能，这么好看的姑娘不让家人接受？”

后来反复看反复看，心存狐疑：

“怕是虚拟世界的鬼名堂吧？”

在国内听多了用假照片谈恋爱、用别人形象赚自己钱的丑闻，我不大相信跟康培联系多年的海卡西罗瑟尔，真的会是这样的形象。

简直就是个明星嘛！

这个问题真是忙坏了大小二位康先生。

康海山虽然不理解我哪里冒出这么多心思，但还是陪着康培在电脑前一阵捣鼓。他对我说：“培和海卡西罗瑟尔一直视频对话，我见过很多次，不会有假。”

可我不依不饶的表情，让他一次次转回康培房间。他们真是叫我的“非虚构”原则闹蒙了！

终于，各种资讯、视频让我彻底信服。

年轻、漂亮，目光中有几分忧伤的德意志姑娘，住在一个古老的小镇上。她的家族信仰与现代文明冲突难解——照片里可见家里有大大的谷仓，她和穿老式衣服的家人聚在一起；还有，她做电脑游戏解说时的影像。因为读了大学，喜欢城市生活，她成为族人围剿的异类。

海卡西罗瑟尔会对康培说：“我有很多地方不敢去，觉得害怕。无论是社交场合或是家的附近，走出门就会因恐惧颤栗而发病。”

这时候，康培的话就成了驱鬼降魔的利器，他的每一句开导都让这个德国姑娘觉得世界上有个坚强的臂膀在那，她可以靠上去，一点点地化解惊恐和忧伤。

四年里，康培与她用英语交流，慢慢成了她精神上的导师。

早饭桌上，我会问：“最近海卡西罗瑟尔怎样？”

晚饭时分，康培会喜笑颜开：“她说，八个药已经减掉六个，每天的精神都很好。”

海卡西罗瑟尔是康培用自身经历做劝导的对象之一。经常想自杀的，患有精神恐惧症的，缺乏自信没有自尊的……从康培这儿获得启迪和求助的，远不止她这一个。但康培将她算在“九”个女人的范围内。也许，相处时间比较长，也许，康培请原谅，阿姨认为，你是很喜欢聪明漂亮的姑娘的哦！

有一次，我听见康培用中英文交替，在大声说话，好像对方不止一个人。我对康先生说，康培的语气，让我想起我们那边的热线电话。

康先生告诉我，是在和罗若提哈卡尔的妈妈说话呢。

原来，罗若提哈卡尔是康培在医院邂逅的一个人。那会儿，她正在为自己主办的医院筹款，发现坐在轮椅上的康培精神健旺，谈吐不凡，就同他交上了朋友。最近，罗若提哈卡尔的母亲出了车祸。

“一向乐观的老人突然陷入绝望，做女儿的当然会想起培，就让康培同妈妈讲话。”

罗若提哈卡尔是位非常有声望的慈善家，也是在美国用橡皮小黄鸭为残障孩子筹款的“百万美元赛鸭会”的创始人。自从与康培做了朋友，就成为他精神上的啦啦队长。也是她，第一个提议康培把自己的故事写成书或者做成电视节目：“康培，你可以成为奥普拉，成为瑞秋雷。”

罗若提哈卡尔和先生。

在罗若提哈卡尔看来，康培是一个不会向命运举白旗的人，“走进”弱者心灵有着太多健康人士不具备的优势。在他30岁生日的时候，她为他写了一首诗。

一切始于儿童奇迹网——

……

为残障孩子筹款

橡皮鸭子跟我走天涯去海角

我最喜欢的义工，送来无尽的鼓励和微笑

相同的生日也许是巧合

共同的目标却让我们将彼此看得清楚

……

我们都爱吃芝士蛋糕，也青睐

你可爱的父母拿手的中国菜

……

你是铁杆的大都会球迷；而我站在对手那边

大声为纽约扬基队喝彩

你脚踏实地、难以置信的坚强

滚烫的爱心和朴素的善良

让世界变得美好，高尚

有一层骄傲康培不曾对外人道，但却告诉了我：

“杨阿姨，每年罗若提哈卡尔过生日，我都要去给她买生日卡，哪怕身体不舒服，也一定亲自出门。”因为这个忘年交，不是爸爸的朋友不是哥哥的同学，而是他偶然结识并要相交到底的生命之友！

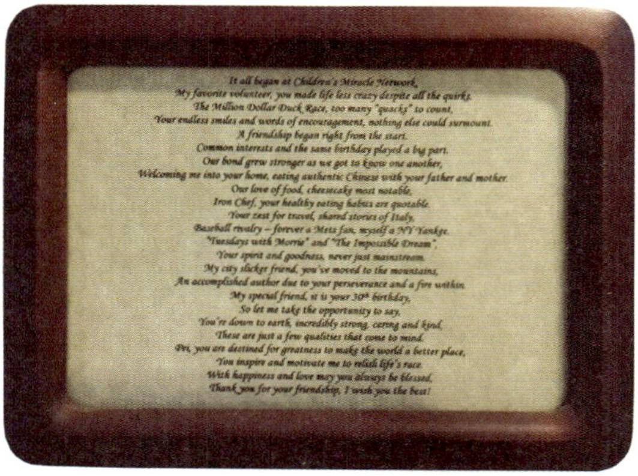

这被装裱在镜框里的深情厚谊，日夜陪伴着喜欢独处的民间“精神开导者”。

在与老爸独处时，康培会很平静地安排一些后事，其中之一：将那首生日诗送还给罗若提哈卡尔。

假如康培不是有四种心脏缺陷的法洛四联症患者，假如他还有足够的精力、体力，他真该开通一条面对世界的“康培热线”。

然而，这个念头一闪我就打消了。

这时候的康海山，一面往我和张世功的高脚杯里倒红酒，一面注意放在培面前的冷饮杯。产于大溪地的饮料——诺丽——培喜欢的原生态营养品，“是不是也要添一点儿？”

不能让培培的心血管出现任何一丁点儿问题。

节制。

饮食！活动！情绪！

要随时随地节制。

我似乎看见做父亲的他，心里那根鱼线轻轻地抖了一下，赶紧转移话题：

“培培，阿姨累了，明天我要去纽约。”

好像是替“培爸爸”做回应，关在透明玻璃门后边的闪闪，朝我吼叫了两声。

如今的闪闪和当年的英雄出自同一个动物领养机构，它是熟悉纽约的。作为康家接班的第二条狗狗，如今它也老了。

脑海里倏地划过一句话：

“我们是两个和尚。”

紧接着，又有一个年轻的声音补充进来：

“是两个老人。”

大康的话，戏谑为表，自嘲为本，但可理解为玩笑。小康接着说的，轻松为表，沉重为本，必须视为生死观的自然流露。

“培知道自己的大限，他随时做好准备。”

我也知道自己的归期，要抓紧在康培的世界里混个明白。

第十一天

11月 6日

恩典学校存恩典

沈太太交给康家一个差不多属于正常的孩子。

他能自己吃饭，看书，玩游戏。经这位老人介绍，康家夫妇将康培送进离家只有半英里路程的佩斯幼儿园。

去之前，康海山和邹陵画了两张图，一张是健康人正常的心脏，一张是康培的问题心脏。夫妻俩对康培今后的小朋友讲，你们将要迎接的，是一个不能激烈跑动、不能这样那样的新同学。

哪知道，孩子们全听懂了，他们热情招呼康培，抢着帮他推轮椅，让康培一下子融进陌生的环境。最不可思议的是，那两个幼儿老师允许康培在课堂上完全不听从指令，自顾自地沉入格拉斯怪兽世界，一个人演绎想象中的魔幻场景，打啊杀啊，做除暴安良小侠士。直到第二年，恍恍惚惚的康培才发现，他身在一个课堂里。于是，才开始和小朋友有了课堂上的互动。

在恩典学校读书时候的康培。

大概算是无为而治吧。

其实，佩斯幼儿园也许根本不知道中国庄子，更没想过对病孩康培遵循古老哲学的教育态度，他们只是出于善意，以宽松优待无力。

然而严重缺氧，还是让培培的心脑发育不协调，行为动作不利落。马上要进小学了，事事争先的邹陵，遍访纽约市大小私立学校，她要让已经落后的小儿子和正常人混在同一个“起跑线上”！

最后入她法眼的，是收费昂贵、入学门槛很高的的教会学校——离家两英里远的恩典学校。

她想到两个招数：

1. 请求学校一年级老师玛丽黑丝、二年级老师玛格丽特杜寇凡尼、三年级老师卡露可蕾——这都是在学校里有话语权的好老师——由她们联名写信给金斯莱尔凡校长；

2. 告诉学校，即将入学的这个孩子，只是身体差一点儿，但他会学得很好，因为他是大家引为骄傲的康容同学的弟弟。

这一招果然奏效。康培还拿到一把电梯钥匙。迄今为止，康培是这所有100多年历史的教会学校唯一可以和老师一起乘坐电梯的特权同学——因为他是需要多一点儿爱的残障孩子。

走近恩典学校，我站在马路上拍了一张学校大门的照片。大门很漂亮，金属质地和盘桓花纹，贵气而内敛，没有任何招摇的东西。

位于纽约市中心的恩典(Grace)学校大门。

然而，75岁的卡露可蕾那一脸的灿烂——她是当年联名写推荐信的老师之一——让我看见1984年至1992年，这所学校投在康培心里的阳光，是如此明艳，温煦！

康海山本来是给人家添乱的。要知道，这里是小班课堂，没有一个环节可以跑粗，学校老师也没一人闲着。而我们却要找培培24年前读五年级那会儿在校报发的文章，还想询问好些事情……

每个被麻烦的人，都浮现微笑："培的爸爸？啊，记得记得，培是一个很活跃的孩子，他的哥哥叫容。"

第一次看见康海山露出受宠却不拒绝的神情。

他是康培的爸爸，一个会写文章、偷着把同学带上电梯、做任何事情都不甘人后、很可爱的孩子的爸爸！

精神矍铄的卡露可蕾将我们带到康培去过的所有脚落，向别人做一一介绍，安排办公室老师复印培培的文章，让挤在角落里的年轻校长站起来："这是中国来的作家，她要为康培写一本书。"

这就是一位资历很深的老师，她活得好滋润！

24 年前的学生家长康海山和继续在恩典学校执教的 75 岁卡露可蕾老师。

我们参观了在纽约市也算经典的学校教堂，据说，设计完这所教堂后，设计师声名鹊起，成为纽约最有名的圣派翠克教堂设计师。这里的学生，每周要在教堂里上 45 分钟的神学课。

恩典学校在市区中心的中心，校园完全没有扩大的可能，但无论怎么改造、修缮，最好的空间，永远属于图书馆和食堂。我们趴在楼梯口，透过玻璃看地下篮球场。康先生说："过去没有这个室内运动场，现在做这样的增添太好了，太好了！"

从 7 岁读到 15 岁，整整八年，把小学、初中，和我们中国人理解的部分高中课程全部读完，康培的家人、老师付出了多少，难以想象。这期间，康培做过脊椎手术，后背从此强直，他需要有人接送，需要每个环节注意他是否身陷危险。

但康培对恩典学校也做出了历史性贡献。金斯莱尔凡校长曾经亲口告诉他：

"培，你能够读完八年并正常毕业，让我很骄傲。"

骄傲什么呢？康培不是成绩优异的学生。

这个学生的存在，标识了一所学校的文明、理性和肚量。

恩典学校教堂。

毕业以后，康培回那儿看了一次又一次。他说：

“杨阿姨，我和哥哥是这所学校接受的第一批亚裔孩子。现在那里没有种族歧视，少了许多偏见，有很多黄种人和黑人的孩子在里面读书……”

是这样的。当我们从曲曲弯弯的动线往回走，两个胖胖的黑肤色女孩，就从我们身边轻轻一闪，跑进露台游戏圈里了。

拿着康培第一本小说的雏形——校报发表的儿童版，我对康先生说，能够这样负责任地反馈家长请求，奇迹般复印出24年前的校报，恩典学校真是恩典长存！

依然十分兴奋的康先生问，要到自由塔去看一下吗？

不，远远望着，足矣！

这对父子啊，父亲刚到美国，留影双子座，曾留下赞美：

“这座建筑，象征着美国的勇气和永恒。有一天，我们不在了，它却会巍然屹立。”

儿子试笔写书，想象出饼干奥利奥因巨大魔力无限膨胀，最后，将那座伟大的建筑一刹那摧毁……

谁会想到，天马行空的小娃娃想象，竟一语成谶。

不过，恐怖主义轰炸源自人心之恶，而不是假想中的文学情节。

谁会想到，曾经那么稚气、淘气的小男孩康培，自从离开恩典学校，就品尝起痛苦，并一天天与“9·11”纠葛……

有100多年历史的恩典学校，最打动我的不是她透着优雅的朴素，而是学生不压抑，老师不敷衍；是不同种族不同信仰的师生，共享幸福的天经地义。

都是人，差距怎么那么大呢？

在CCTV春节联欢会上，有个小品《卖拐》，一句台词“差距怎么那么大呢”，成了中国社会跨阶层的流行语。

坐在康先生与新加坡合伙人共同拥有的豪华公寓前厅，听房主和租客就门脸房营运议事，我突然想到小品演员范伟，他那貌似憨傻实则狡猾的表情，和那被国人用辽西音调学说的这句台词。

无解，无奈，巧做对比，暗自揶揄，嘻嘻哈哈将事情摆平……这句台词被赋予了多重意味。此刻，我借喻的内涵却极为简单：同为合伙人，康先生希望帮助租客走出困境；那一位，因寻到更高市价，却不想像他那么“笨”。

我是外人，不可参与意见，但同情那个法兰西女孩。投资百万美金，在富人区做水上运动生意，本来一切都OK了，却遇到政府管理部门的限制，营运资质成了问题。

事后康先生问我，在国内遇到这种事情会怎样处理？我反问，到底是租户违规，还是……

“是什么？”

有一句大连话可一语中的：还是政府工作人员要“吃喱摸地儿”。

但我必须说普通话：“也许管理人有不正当需求，故意刁难。”

啊……

康先生其实也想到了这一层，他继续问我会怎样处理。

好难说。

中国经济高速发展暴露的法律空白、管理混乱、弱者犬儒，那些“人人心里有，个个嘴上无”的潜规则就是由这些现实慢慢形成的。

他很好奇，也许觉得作家深入领域多，即使给不出帮那姑娘解决问题的办法，也可让他见识一点儿社会真相。

这让我暗呼羞惭。

好像要教唆他怎么递信封，怎么把礼送去还不会遭到拒绝……

于是扬声道：

“康海山同志，保持你的善良本色吧！全世界的人性都大同小异，反正你也不可能去做，真要做也做不好。”

术业有专攻啊！

潜规则由浑水滋养——你这条资本主义的鱼，何必学习在浑水里潜泳？当然你也没笨到完全不懂，只是要从我这得到证实——看看社会主义的潜规则究竟是个什么样！

非得说透吗？人性龌龊，放在什么主义里头，都是只可意会不可言说的。

我们抓紧寻找康培小时候常去买怪兽的玩具店——那个怪兽曾点燃了他文学创作的灵感。走了两条街，终于找到了。

康先生一面配合我寻找藏在犄角旮旯的“格拉斯”，一面自责：以前熟得很，现在怎么忘记了？

在上州乡下住了九年，他可能已经不如许多新移民更熟悉2015年的纽约。

担心我饿，康先生带我去找中餐馆。

从骊村出发，我们故意避开车流高峰期，中午12点到的纽约。第一站去恩典学校，第二站开会议事，第三站寻找玩具店。此刻不是饿，而是累，真想坐下。

远处，传来京胡伴奏的歌声：

十五的月亮，照在家乡照在边关，宁静的夜晚，你也思念我也思念……

组合得挺怪异的音乐，刺激大于亲切，加上对面公园一张张向外张望、百无聊赖的面孔，心也沉了。

纽约的华人据说已经过了20万人，中餐馆随处可见。

闻到臭水沟气味，加上繁体简体花里胡哨的招牌，还有耳朵夹着香烟手上搓着围裙的年轻人在打闹，我知道，这里是个新的唐人街。过去出国，我就对唐人街不感兴趣。请亲爱的同胞原谅，我很少在这里看到需要出国寻找的新鲜和榜样——尽管也了解一点儿唐人街的渊源和生就的道理，但我不喜欢肮脏、俗气，更为无所事事害羞。纵有万千理由，为何不让别人在划龙舟和舞狮子之外，从日常行为中对我们的优秀传统和深厚文化产生尊敬？

见我久不做声，康先生问，你在想什么？

想骊村那里的树。

曾经有一次，走进附近森林，里面静谧极了，除了偶尔闻得乌鸦叫，人的话音再小也听得清。不晓得哪句话震出响动，一片树中的一棵，突然刷地落下全部枯叶，纷纷扬扬，窸窸窣窣，像音符飘落，看得我瞠目结舌。你瞧，旁边的树上叶子还纹丝不动呢，好像唯有它，苦等苦等，直到等来这一点点分贝的助力。

真是个性十足。

一片林子的树尚且各有各的活法，何况生在大千世界的人！

康先生很有穿透力地点出我的纠结：

“忙于讨生活，理想也会生锈。不是每个人都像你在国内混得这么好。”

又是一个“混”字。

是啊，不是每个人生下来都有一颗好心肝。

这句话是不能说的。

但在纽约每一分钟，我都在想康培——那个曾经喜欢逛玩具店的孩子，已经九年没有回来了。

格拉斯怪兽已经被新出世的时髦玩具挤到角落里。康海山费了好大劲找到的这家玩具店，因留在原地等待故人而进入我的取景框。

丽丽回复“伊妹儿”

邹陵给我端来一碗小葡萄，让我吃完早点儿休息。

纽约的家，比上次更清爽了，瞥见客厅里我送的贝雕果盘，有点儿岔眼，但我感受到主人的友好。邹陵说找人洗了我的睡具，很干净。之前我们约了深谈的日期，现在打搅她，似乎有违规则。

但她靠着客卧书柜，还在为“联合行动团”的成绩兴奋。她很少扯与公益事业无关的事。听她讲如何去听福智公益课，怎样阻止石油大佬释放天然气污染环境……人会随之变得亢奋。

不染发，不打扮，不做任何悦己悦人的修饰。明亮的眼睛盛满奋斗换来的快活，修型很好的下巴，动起来时，让人想起她年轻时的俏丽。此时，康先生那句话又在耳边回响：

“邹陵真的很杰出。”

两个儿子小时候用大头钉摁地图，标记妈妈去的 100 多个国家，将世界地图布得密密麻麻。

“你和丽丽聊吧，她是我们的干女儿，脑子很聪明。”

就在邹陵回她屋子打电话时，我的手机发出一声划响——丽丽发来“伊妹儿”。

赶紧打开便携式电脑。

嚯，这姑娘做事好认真！

第一封“伊妹儿”，全文如下——

1. 你是怎样结识康先生的？

答：是通过一个老乡，她们一直挖我去她们公司，两年都说不动。就请康先生出来，想要说服我。虽然我还是没做，但老乡说康先生很有智慧、人又好。所以认识之后就有请教康先生一些问题，他都会很耐心地花时间和精力帮助我。由此我一直是感恩于康先生。

2. 何年何月，你打电话得知康先生和康培住到乡下需要你的帮助？

答：那是 2005 年 5 月 8 日，之前四天打电话给康先生打不通，我有留言，心里有不祥的感觉。当康先生回电话给我时，我就说是不是出了什么事情，如果我帮得到，一定来帮你。康先生说要康培同意才行，他有点儿怪。当天就回复我，康培答应让我去一天。第二天，也就是 9 日，我第一次出门坐大巴，在车站等了几个小时才等到康先生回家接电话。原因是他只告诉了我买票的地方，并没有告诉我到达的地点。手机在乡下又没信号，只能等他回到家里接我的电话。我以为只去一天，所以我什么都没带。

3. 第一眼看见康培有什么感触？

答：当我进到康培的房间，只见他头发很长，很瘦，脸色苍白。走近看，嘴唇、手指甲、脚指甲都是紫色的，手像鸡爪一样，一大块一大块头皮，脖子上和手臂上又有皮肤病。我全身都起鸡皮疙瘩！那个样子和“僵尸”没两样。当时我也许出于对康先生的感恩，我想要救他，所以也就不怕了。

4. 后来的岁月，有哪些难忘镜头？

答：难忘的镜头太多、太多了。那时候我们非常开心！我把我所有的时间、精力和爱都给了康培。除了照顾起居、做好吃的，还帮他按摩脚底，帮他洗澡、剪指甲、剪头发、掏耳朵。他又像是我的弟弟，又像是儿子，又像是朋友，又像是知己。大部分的问题是出在SamSam（闪闪）上面。我除了照顾康培，还要照顾SamSam。那时做好多吃的喂康培，把他养得好胖，狗狗也胖了。康先生每个星期就装了满车的菜来补充。租房半年，我们就买了现在的房子。那时候基本上都很快乐。当康培发脾气时，因为我当他精神病，所以也就没有计较了。

5. 在那些时候，让康培康复的主要手段是什么？

答：通过照顾康培，让我知道一个将死的人是如何活过来的。除了在饮食上调理，住的环境好，关键还是精神上的鼓励、支持、给予希望和目标，把爱和能量都给了他。刚开始每天给他讲励志的故事，讲讲笑话，一个星期让他可以坐起来。接下来设定目标可以让他爬，爬了一个月，让他慢慢地走，从两步开始试着走。每当他负面时（当时非常负面，他恨人，除了康先生），把他的脑筋转过来，告诉他他是正常的，还要做一个真正的男人，将来还可以有女朋友。就这样一步一步走过来了。

6. 当时你的最高心愿？

答：我的最高心愿是把康培负面、消极的思想转到正面、积极，把他的身体调理到自己能够自理。

7. 你发现康培愤怒、不讲理，他妈妈又并不接受你，为什么没有走？

答：我走是没有任何问题，但康培需要我。康先生那时候也忙，如果我走了，他们怎么办？那时候我、康培和康先生，我们相处得非常愉悦！我凭着自己的真心付出，正直，真诚。

所以不管康太太怎么想、怎么做，我都理解她。这么多年了，应验我的坚定：路遥知马力，日久见人心。

8. 与康家纠结、相处的几年，在你的生命中是何等位置？

答：与康家纠结、相处的时间，是我这辈子付出最多、得到最多、最难忘的一段时光，在我生命中也是最重要的一段时光。他们教了我好多。从某种意义上来说，也会改变我一辈子！他们是我的贵人！！

水中倒影需要借助光线而生动。丽丽的记忆，借助的是蓄积于心的仁爱之光，感恩之光。

又是一个纽约的早晨

这天晚上，我一直睁着眼睛。

丽丽写的虽与康家父子聊的有差异，但可信度很高。而且正如康家人所说，她头脑清楚，表达直接。

大都会博物馆、百老汇音乐剧属于邹陵与康容；米奇·阿尔博姆的《相约星期二》、萧伯纳的《窈窕淑女》，属于大康和小康。在骊村厨房，父子俩跟我说起丽丽的变化，都举了奥黛丽·赫本饰演的卖花女被中产阶层语言学教授 Higgins 改造成优雅贵妇的例子。说丽丽刚来的时候，土了吧唧，但心肠热得很；兜里没几个钱，发红包的积极性却忒大，有时闹得哥哥康容都不好意思——他的孩子，怎好接这个穷阿姨的钱。

“后来完全变了，气质和他们老家那些人，越来越不一样。”

康培说，丽丽最初的理想就是在中美两边跑贸易。

现在不是已经实现了吗？

康先生说，丽丽是美国公民，在纽约有自己的房子，她回到舟山是很受器重的。

可我在她书写的语境里，嗅到共青团干部的气息。哪怕提到儿子受欺负，也无“怨女高冷、商女无德”的一丝感觉。看来，康培第八条命（他们父子一本正经写给我，说丽丽给了康培第八条命）的起死回生，有大陆的思想武器在发挥作用。康先生也附和过我的感叹：丽丽就是给培讲她熟悉的励志故事，讲你们那个了不起的张海迪。

张世功说康培是个医疗奇迹，我一直回避这个结论。

固然康先生寻找到一些非西医手段，积极医治、呵护、照料康培，包括广采中医的推拿、按摩、养生之法，让他尽可能亲近大自然，身心融入天人合一境界。但康培的精神世界，实有不同文化的滋养；我甚至以为，他是中美文化混搭，传统与现代交融，通过居家过日子的生活流，而形成科学生死观的一个人生榜样。

想到这，我所受教育的“榜样”概念又跳出来作祟了：榜样？榜样的力量是无穷的。黄继光、焦裕禄，他们才是无懈可击的榜样。丽丽说培培骂人、摔东西，他的做派可称榜样？

哈哈，榜样为什么不能性格乖张、情绪张扬？

街上传来汽车轧路的声音。

又是一个纽约的早晨！

我得把眼睛紧紧合上。

天亮后，康先生要载我去瓦尔登湖——这可是比我送给他们家的贝雕果盘，要豪华千百倍。

这次去纽约真正的遗憾之一，是没能踏上横贯城市的哈得孙河悬索桥，去看看那些或俗或雅的两岸风情。

第十二天

11月7日

在瓦尔登湖

我有两本《瓦尔登湖》，喜欢翻阅的那本，由诗人和报告文学家徐迟翻译。徐迟成名很早，轰动全国的，则是他在20世纪80年代思想解放运动背景下，以数学家陈景润为原型写的报告文学《哥德巴赫猜想》。今天，人们称徐迟为诗人、散文家和评论家，很少提及那篇石破天惊的杰作，不是报告文学文体位卑，而是需要勤力采访却值不了多少银子的形式，在自媒体时代很难躲过冷僻的命运。

但这并不妨碍我把徐迟翻译的《瓦尔登湖》作为枕边书。

梭罗简单而馥郁、孤独而芬芳的内心，被他自己袒露得精美绝伦，被徐老先生传达得温暖无比。

在湖边生活过的我，无数次想象亨利·戴维·梭罗一个人依湖而生的情境。真的看见瓦尔登，便觉得她小了。也许我知道她时，还小的自己把她想得很大。

这些年轻人排遣寂寞有的是招。他们不必深刻理解梭罗，甚至也不必热爱他只要有追踪先贤足迹并了解哲学家为何思考的态度就十分可爱了！

习主席访美，讲话中提到这本书。我猜测今天会遇到很多中国游客，然而来访的亚裔并不多。除了我们，可以肯定的，是坐在树林里弹琴的波士顿大学的新生，里面有中国孩子。

带着一把斧子到瓦尔登湖的梭罗，当时也就 28 岁，比今天的康培小 10 岁。他开蒙很早，20 岁就从哈佛毕业，直到获得大作家、思想家爱默生的应允，才有了把孤独当柴烧的勇士之举。

瓦尔登湖最迷人的，是无法用华丽辞藻描写的澄澈。

宛如镜面的一波碧水，犹如未破的处子之身，坦荡荡，悠悠然，接受人们的打量。

自 1854 年至今，《瓦尔登湖》问世 160 多年了。必须说，今天的人多是因书而来。无论是朝拜的，观光的，追赶时髦的，在没被污染的湖泊前，都言谈文雅，不敢造次。

目光掠过水面，高处的树林并不很特别，但环绕整座湖，乳白和橙黄交替的沙子，却让人讶异：是自然存在，还是人工搬运来的？我突然想起，梭罗写过：“看瓦尔登是这会儿蓝，那忽儿绿……可是走近了看，在你能看到近岸细沙的地方，水

王申培（左）、杨道立（中）、康海山（右），因寻访梭罗踪影而聚集瓦尔登湖。

色先是黄澄澄的……”于是，也就不再把神圣的瓦尔登和世界上那些专供游人享受的人造水景做什么联想了。

这里的人工痕迹，是防止山体滑坡的围栏。虽然它战胜不了气候变化、经济发展带来的遗憾，但尽可能少的斧凿，小心翼翼的保护，还是让对梭罗怀抱敬意的人们感到满意。

出生在商业时代的梭罗，必须适应当时美国的商业化精神才可以生存下去。徐迟说：“梭罗的血肉之躯也是要去航海的，他的船也是要翻的。他的一生中也要遇到风吹和浪打的经历的，然而真正的梭罗却已在一个安安静静的海洋上，他向往于那些更高的原则和卓越的人，他是向往于哲学家和哲学了。”

康培知道我神往瓦尔登，昨天上午出门前（我们先去纽约）用主人的口吻向我介绍：“很好啊，你到那里去，只需要穿越纽约州、康州，然后就到麻州了。”

我告诉他，你知道吗，梭罗的书，在他生前卖得不好，出版商最后把卖不出去的书都退给他了。他曾对友人笑谈自己："我家里大约藏书九百册，自己著的书有七百多册。"

如此在美国人面前卖弄，也许会招致反感，然而哈哈哈，大康小康都跟着我笑。

康培的书在网上销售的情况并不妙。我希望他了解，孤独和等待是所有成大事者的必然经历。

我们参观了一个离公路很近的、模拟的梭罗小屋，但震撼心灵的时刻，是站在掩埋了梭罗亲手盖的那间真屋子的林子里。那里有块木头材质的牌子，雕刻了梭罗留下的话。康先生和他的大学同学王申培都帮我翻译，他们也都承认，梭罗使用的单词，组成富有哲理的句子译成中文很难。

我一直处于高度的兴奋之中。

人这一生，不来一次灵魂的狂奔，是很可怜的。

但谁又有梭罗那样的自觉呢？两年里，放弃文明社会的生活，远离人群，甘于贫苦，一个人在湖边劳作，冥思，与自然和心灵对话，直至让思想结晶为一本好书。

崇尚自然，含有朴素的唯物主义思想，是我对《瓦尔登湖》这本书的认识。站在湖边，和亲爱的朋友们聊起梭罗的生平、轶事，又猛然想起徐迟，他是从高楼上纵身一飞结束生命的。

诗人，哲学家，似乎有很多人命运多舛。

我拿人的年岁做比较：

梭罗活到 44 岁。康培现在 38 岁。

梭罗死于贫病带来的肺结核，康培却无须劳作就可获得温饱，并得到太多无私的关爱而超越了生命极限。

康培，你确实幸运且幸福。

据说此人乃哈佛先生也。

哈佛！哈佛！

王申培与康海山仍然保持大学时的习惯，互称小某。热情的小王和他妻子——一个被成功的前任丈夫背弃了的药学家，极尽所能，让我们在麻州做了回贵客。

王先生是个虔诚的天主教徒，在他家用点心，我们都跟着轻呼“阿门”。目前他热衷的事情，非常像我的朋友张世功——唱歌。墙上张贴的照片，几乎全是在海峡两岸演出的剧照；他和妻子熟知不少国内文化名人，一会儿范曾，一会儿孟非，让人时不时恍惚：这是住在剑桥城附近的美国人吗？

有一句话，曾引出短暂误会，小王说，他比小康来美国晚两年。

“我留在国内读研。”

什么？1969年到1971年，你在国内读研？

那会儿，下令恢复高考的邓小平，还在江西当钳工……

“没错，我就是在国内读的研究生啊！”

对视两秒钟，我们不再争了。此国内乃台湾也。

哈哈，释怀的大笑，立马拉近了彼此！

这个台湾文艺老青年，计划几年后同他的湖南妻子回长沙养老。“是真的回国哦”，我故意挑衅。谁会不清楚台北长沙都是中国的，但身在美国，这样说说反而亲近。恩爱夫妻，待客殷勤，真不好拒绝他们“去哈佛转转”的一再提议。尽管天色已晚——邹陵很担心康先生的眼睛——回程至少要在高速路上跑几百英里。

小王是哈佛资深人士，做兼职教授30余年，主动扮演导游和车夫。一行四人，抢在暮色四合之前，穿梭于有300年历史的世界伟大学府。

进美国哈佛的所有感觉，让我想起中国清华，只不过这里楼宇的外立面多是红砖，清华则喜用青色。三个月前，也是乘朋友的车，在没有围墙的清华校园匆匆浏览；这一次，我不满足于走马观花，发现有精心打扮的人鱼贯进入一座楼，赶紧跟了上去。

扑面而来各种高级香水的味道，让我愣在那儿。

之前在街上看到的美国人，穿着随意，没见几个女人描眉画眼，更谈不上男人系领结、女士穿晚礼——眼下，是party，还是外事活动？匆匆瞥了眼楼梯交会处一幅书法，好像摘自周敦颐《通书》上的“圣可学乎……”，笔迹丰劲多力，不知是谁的墨宝……

匆匆拍照，走人。一边走一边猜：莫不是闯进美国头号“中国通”、哈佛东亚研究中心费正清的地盘了？

等着我的三位“美国佬”，已经开了车门，欲带我去哈佛创始人铜像前留影。

因为日渐黄昏，所以光线很差。但我相信去哈佛的人，未必有几位拍下这张悬挂在楼梯中央的墨宝。

不由得想起康家两兄弟。

老大康容在哈佛毕业，已从这个台阶一步步进入美国主流社会。

老二康培，虽考上大学，只能选离家几英里的亨特市立大学。

该死的法洛四联症！

否则，按康培的抱负，也是有可能在这个园子里横晃的。至少，此时此刻，他可以陪我到此一游。

完全不知道，其实康培同哈佛有一层光荣的联系。他和老爸康海山曾经帮助过的一个中国孩子马乾轩，下个月将入读哈佛。这是一个未等入校即有学术论文发表的天才。

那是2013年的事情了。

为玉成中国妈妈朱文琼的心愿，康海山欢迎加州“问题”孩子马乾轩到纽约家里住一阵子，他和邹陵一起为这个让妈妈没得法子的孩子设计了很多节目（之前已有大量的“伊妹儿”、视频交流），后又安排乾轩和康培一起在骊村生活，前后两周。按照妈妈朱文琼的说法，这孩子，从此不仅学会感恩和宽容，还找到人生的偶像。

受康培影响，15岁的马乾轩，不满足于做傲视群雄的学霸，很快就成长为能对伤害过自己但需要帮助的人提供帮助的优秀少年！（就在2015年的12月和2016年的1月，即写这本书的时候，马乾轩的妈妈发来邮件告诉我这个天才少年的情况：

2016年1月7日，NASA公布以他的名字命名的陨石位置，以表彰他在2015年ISEF荣获的二等奖；1月12日，《自然科学》杂志电子版刊登了他在ISEF获得二等奖的论文；1月2[illegible]日，马乾轩入围英特尔科学大赛前40名，3月10日将去华盛顿DC参加总决赛，也许会得到奥巴马接见……)

在哈佛校园，我对小王不断地讲，哈佛之于我，既是一个梦，又是一件旅游来不了、又没时间专程前来的心底憾事。

在一旁默默作陪的康先生，却没接过话头，对我，对老同学，提及和他们家与马乾轩成长相关的一个字。

后来我想，他是恪守了某种原则：

“不能忘记帮助过自己的人，但可以忘记自己帮助过的人。”

2013年夏天，马乾轩和康培在纽约上州的乡村别墅。那会儿，他们讲起哈佛了吗？

做了回电动汽车大白鼠

在肯尼迪机场第一次见康先生，为他开的白色特斯拉，曾有过暗暗的腹诽。相处10天，当然误会解开，但我不明白，为什么穿越三个州，不开底盘高的亨达或凌志？

那不是更安全吗？

一路上，只见康先生一直在和特斯拉交流：

他手指一点，随着车内仪器发出女声，偌大的屏幕上就显示出：车在何处，哪里可充电，目前存储的电量可以走多远……

女声配合及时，荧屏反应敏捷。可康先生一直点一直点，不晓得是喜欢那声音，还是担心自己犯困，闹得我不敢打瞌睡，主动找话说，从“9·11”给他们带来的困窘，到世界名著《九三年》《老人与海》，再一竿子支到俄罗斯，问他能不能将莫扎特音乐换成柴可夫斯基的《悲怆》，还说了国内流行的包袱……该同志眼睛不大好，而我头天晚上完全没睡过，要是行车出了问题，算谁的？总不至于为了一本书，梦断美利坚吧。

幸好，高速公路休息区有特斯拉充电设施，车里那个好像长了眼睛的女声，能一直把我这样的大笨蛋都指引到惊叫一声才戛然而止：

“看，充电器就在那儿！”

白色的空心架，红色的LOGO，醒目，清爽。打开车尾插销盖，将架子上的充电筒插进，由它工作好了。

据说，特斯拉公司在美国全国境内安装了不需付费的充电设施，性能没的说，间距很合理，让人无法不爱它。

呵呵，你们这儿还有四百四的电压啊？

为缩短时间嘛。

要是再快一些，会不会有六百六、八百八的？我来了兴致。特斯拉是电动汽车的先行者，若要占领市场，必须争取没有耐性的年轻人。

喝了一杯咖啡，电也充好了，我们继续上路。

特斯拉真是可爱：与前车太近，及时提醒；夜灯随光线变化自动开关，灵活极了。不像对面开过来的汽油车，两盏大灯要么高射炮一样直冲前方，要么突然压低，生怕碰到什么矮小障碍物，笨手笨脚！

我正表扬特斯拉聪明，突然觉得车身抬起，原来，它会自动升高底盘，却没有不舒适的震荡感。

它到底优越在哪？

无味，无声，无震。哦，这么好啊！

康先生见我已经从昏天黑地中苏醒，方才老实承认：我开特斯拉只往返过纽约和骊村，从没跑过一千里。正好借这个机会，找找感觉。

什么？你送我去瓦尔登湖，是为特斯拉找感觉？

本来还一个劲儿在心里过意不去：千里之遥，汽油钱、午餐费，得多破费！结果，充电不花钱，午饭是小王夫妇请的。

敢情您拿我做科学试验，让我当了回特斯拉大白鼠！

玩笑归玩笑，这趟旅行真让我彻底喜欢上了电动汽车。我说，不管谁家先出，反正我只等着购买无人驾驶那一款！康先生说，我头一次遇到你这样的人，学外语等人在身上装芯片，开汽车等着车子全自动。

我说，就像您不买漂亮衣服只投资科技，谁不得有自己的偏好。

就这样，说说笑笑，不觉已见骊村灯光。

进门前，我最后一次请康先生回答，送我去瓦尔登湖，是谁最先想出来的主意。是邹陵，康培，还是你？

“都给我们家的车当大白鼠了，你还要求这个答案吗？”

好吧，不管是谁的美意，我都在心里说声谢谢。

虽然我欣赏特斯拉和它的“父亲”埃隆·马斯克，但依然要规避广告之嫌。这张照片，是我在美国为独自上路的电动汽车拍摄的“窥视”瞬间。

第十三天

11月 8日

自然之子

瓦尔登湖是个可以无限发散的话题。但坐到餐桌前，我则把聊天内容集中到恩典学校。一则不能让张世功插不上话；二来呢，真的替康培骄傲——离开学校 24 年了，他留在那里的东西，既有手绘图画和文字相配的印刷品，还有老师们对他不曾淡忘的记忆。一定意义上，我认为后者更令人感动。有多少人，能让自己的印记打在几乎再不会相干的人的心上？

同康先生单独在一起，我就不必顾忌很多，把记得的梭罗生平，和他的书对世界产生的影响，信口聊开。

除了马丁·路德·金和圣雄甘地，梭罗对后来的曼德拉，哦，主要是像俄罗斯大文豪托尔斯泰那样的行动主义者，对他们有很大影响！

我是中国人中受俄罗斯文化浸润颇深的一代。康先生不一样，他接上来的，一定和资本主义的美国有关。

若读者中有人将梭罗独白译成很棒的中文，请把译稿寄给出版社，下次印刷好添补上。

“他是在美国独立日 7 月 4 日那天住进小木屋的……表面看是归隐山林，其实，从那里，他才走上真正的人生。”

“真不敢想象，一面承受幻梦虚妄的质疑，一面独居湖畔，批判人生……”

我们你一句我一句，把梭罗似乎执拗得有些可笑、但非常富有戏剧性的抗税蹲监，连比画带议论地“演绎”出来。

每当大家觉得可以深入的时候，双方的行事风格就对照鲜明。

康先生问，走累了没有？

此时，傻傻和菲菲已经在通往家的路口止步。

在偷懒耍滑和舒展筋骨的需求上，我和这两个小家伙很有共鸣。

“如果有新内容，还可以走。”

康先生才不用高大上语境回话呢，人家说的是：“鸡蛋没有了，上边有家专卖枫糖的农户，他们那儿好像还有鸡蛋可买。”怎么知道的？

人家却不再说话。

我知道还要走一段，然后就是“快到了”。

终于看到立在坡地上的无人售货亭。

小小的，里面放了瓶装枫糖，盒装鸡蛋。

康先生掏出 10 元钱，取了鸡蛋，又自己找零，拿走 6 元。

唯私人财产神圣不可侵犯，才可建立童叟无欺的秩序吧？

不会有人只取东西不交钱吧？

康先生笑，一副你怎么会这么傻的表情。

“从没听说过。我想他们总是没吃过亏的。”

熊村一带，几家农户，好像不是什么大老多三，却都在这个富人别墅区找到立命安身之道。

这一家，虽然没有“太阳霜”那样把蔬菜棚、菜市场、小餐厅、咖啡屋，一并摆在公路边的阵仗大，但枫林繁茂，田园幽静，所产东西就近销掉，日子过得滋润安详

离公路那么远，要是买东西的人白跑一趟……

刚才，咱们是看见绿牌才过来的。

原来人家在公路边立了红绿告示。

真是昭告有方——开车的主都能一目了然！

我好像越来越参悟到大康小康为什么不思念城市了。钢筋水泥的森林，哪有这等民风？华尔街的风云危急，怎抵牧歌式的云淡风轻！

但，越是在成熟的地区生活，越是需要有money这个介质。

自家别墅年年交税不说，维持生计，也得时时用钱来做交

换。

所以啊，我本来要说，已经退休的您，还要努力打理生意，让康培的每一天都有保障。

但想起昨晚单独和康培的聊天，便问道：

“你知道培培对生命的感悟是什么？”

应该是知道的。

然而，错！

康先生真的从没听康培说过：“对生命最大的尊重，就是要开心地活，舒服地死。”

把日常话说成警句、箴言，在亲人之间似乎也不大正常。可是由外人以钦佩的语气复述，还是令这位父亲慨然夸奖：

“我真的觉得‘开心地活，舒服地死’，比你们喜欢说的‘生的伟大死的光荣’要好。”

若是在中国听到这样的话，心里会生出惊诧。一个老百姓，怎拿自家孩子的体会与伟人的题词相比！然而，这是我在美国记录的真实，不仅没觉得有什么不妥，反而看到中美文化、两岸历史，战争年代与和平年代，在普通人对话中闪现出的语境差异，解读难点。

康海山不了解刘胡兰，1947 年的时候他才一岁。在台湾的教育里，对这个宁死不屈的女英雄，就像大陆课本里不会讴歌血凝而死的国军营长、抗日英雄游国祯，属于人为屏蔽。但在云周西村被铡刀铡下头颅的胡兰子，绝对无愧于“生的伟大死的光荣”。我毫不怀疑，一旦康先生了解刘胡兰，知道她是为解救一村的老百姓而慷慨就义，不仅会把关于生死的两句话做分别理解，还会对这个 15 岁的姑娘生出深深敬意。我呢，也不会因为伟人题词与康培体会的莫名镶拼，感到犯了什么大忌。

大胆设想一下，倘若刘胡兰活到今天，83岁的她，没准会给康培的箴言点赞。

哪个人不想开心地活，舒服地死？

即使这个世界灭绝了魑魅魍魉，即使“9·11”那样的灾难永不再现，开心地活舒服地死，也不容易。

说着说着，到家了。

眼前是一幅“采菊东篱下”的西洋画：

草地，池塘，高耸的树，嶙峋的石……还有他。

康培好像刚刚结束打坐，尚未从冥想回到现实。

小狗菲菲悄悄向他走近。

这里是康培感受平等、尊重、友善最不需要费脑筋的地方。他和这里的一切，相生相伴，诗意栖息。他们一起任天上云卷云舒，地下流水远去。

此刻，谁也搞不清楚康培是不是开心，就像身后的枫树，美得潇洒也美得孤寂；也许一场冷雨，就会打下它耀眼的火红。

这是永远印在我脑海中的驯村一瞥。

“伊妹儿”是个好东西

和丽丽在“伊妹儿”里聊天，是件惬意的事。

她的语感、情感——文字表达出来的情感，都是我了解的浙江人中相当出众的一个。浙江人被认为是中国的犹太人。犹太人很会赚钱，有时精明过度。所以浙江人也有负面影响：他们非常适宜结成生意伙伴，但别指望和他们做过命兄弟，因为他们的算计力大于一切……

丽丽是女子，而且是个受中国传统文化和美国现代文化双重影响的善心人，她回复我的邮件，速度之快，质量之高，超出想象。

在她布置的房间，躺在床上读她，坐起来对她提问，时不时抬头往窗外看几眼，落叶和山风，就有了女性的细腻。

有时丽丽这样说：

“我小时候父母带姐姐去了另外一个海岛，把我留在爷爷奶奶身边。童年是我最快乐的时光，我是在大自然里长大的野孩子。每天5点起床和奶奶一起拜佛念经，因为念得快、佛珠过得慢，奶奶一直夸我很会拜佛，姿势很标准、很美……

“我自己编顺口溜、扭屁股赚钱。身后跟着一大帮小伙伴，那个时候他们是没有钱。我一天可以赚一元！我就买口香糖、瓜子给他们吃。我很爱我爷爷奶奶，但我还是觉得我的外婆伟大！我外婆家条件好，那时候外婆的父亲跑船，自己有四条船。但媒婆却把外婆说给了一穷二白的外公。外婆生了八个小孩，把家里打理得井井有条，不但自己的孩子养得好，还把捡来的四个小孩子养大。她能把自己小孩的奶断掉，喂捡来的孩子。我记得最深的是我外婆常说的‘量大福大’。”

她非常智慧地回答我关于她和康培有没有肌肤之亲的提问：

"我很爱康培，就像爱弟弟、爱亲人、爱朋友、爱知己，虽然没有爱情，但已超越了爱情。有康先生的原因，也是因为自己付出了所有！不管康培想要找女朋友还是结婚，我都希望他能够好好地、开心地、心存希望地活下去。明明知道他不会有女朋友，也不会结婚，但也不会去灭他的希望，反而会对他进行善意的欺骗，让他能够有信心、有希望、有目标。哪怕要委屈自己，能让所有的人开心，我也愿意去做的！就像我承诺康先生，只要他需要我，不管我在哪里、在做什么，我都会回到他们身边。就像我当年！"

我告诉她，要写《康培的世界》（采访时曾拟用的书名），你是其中的重要角色，可以写真姓名用真素材吗？

"可以的。我希望康培的精神、经历可以鼓励一些人、帮助一些人。这些都是实实在在的生活。人生苦短，要我重复一次，也许做不到了！"

丽丽有美国式的直接，明知道我会"非虚构"，还是什么都说：

"当康培见到我之后，原来说好的'只去一天'就不存在了。康太太是我照顾了康培一个多月后才来看他的，所以她并没有看到儿子最恐怖的样子。她之前从来不笑的，和康先生也是一直吵架，吵了一辈子。那时候康培很恨他妈妈。我亲耳听到过康太太和康培吵架时骂他。

"是康太太很快提出来收我做干女儿的。我完全明白康太太的'用意'，也就欣然接受了。我知道，康培心中怀恨——他恨所有的人，除了康先生、哥哥，觉得人没有狗狗好。我花了很多精力来扭转他的想法，直到最后他不再恨了，甚至可以爱！康先生和康太太之间我也是两边劝……后来情形真的变好了。再后来康太太正式退休做了义工，人变得越来越放松、开心！现在的她和之前完全是两个人。我是打心眼儿里为他们高兴……”

丽丽的形象在我心里一点点丰满起来。而且，她解开了我两个问号。

一、我一直纳闷：“9·11”让所有的纽约人痛苦不堪，华尔街一带几年里都炸声不断，污染严重，康家人为避免康培病情恶化想尽了办法，康先生也遂他所愿在上州乡村租了养病的房子，他怎么会突然瘫痪，几乎死去？

什么是压倒他的最后一根稻草？

“在我上山去帮忙之前，康先生本来是想带康培去乡下待一个星期，让他调节调节身体和生活。在他们度假期间，康先生已经帮康培找了出书的经纪人，康培觉得他快死了，在死之前的心愿就是能够把他写了15年的书出版。但是在山上，跟出书公司的编辑吵架，导致了康培心脏病发作，他万念俱灰……”

二、康家父子接受丽丽的主意，在租住的别墅到期后，没有去圣地亚哥，而是在纽约州最美的地方购买了骊村。2005年之后，他们三个骊村人前后有超过一千天、甚至过了更长久的美好日子。

是什么，让丽丽毅然抽身而去？

“我到山上帮忙，是怀着对康先生的感恩之心而留下来照顾康培的。当康太太要付钱给我时，我是坚决不要的。后来考虑到康太太的用意和个性，付了钱，她不用欠我的人情吧，我也就接受了他们给我的报酬。

“2008年后，我觉得康培能独立了，不太需要我了，我也感觉到是该走的时候了。虽然他们父子舍不得，但不会阻止我想做的事情。康培也一直提出用各种条件要我留下，比如说和我结婚。康先生则要把他毕生的本领传给我……

“……那天我在楼上洗澡，听到康培像疯子一样在大骂我儿子。虽然那时候康培还小，口口声声说我是他的救命恩人，我是他的家里人，但却不能接受我的儿子一年来玩一两次。而我儿子又特别喜欢乡下，打心眼儿里喜欢。”

好了。事情说清楚了。

丽丽的“伊妹儿”，触碰到并不那么光彩的人性——不管是骂人的康培，还是有性格的邹陵。然而，这些缺憾却并不让人惊悚。处在他们的位置，性格相克也好，社会习性也罢，都是正常的。血肉之身没有这一面，“康培的世界”未必令人信服。

我重视并感激丽丽的叙述。

她是康培世界演绎生死攸关故事的重要见证人，是康培的世界里不可替代的亲情、友情、爱情三者的复合体。丽丽不仅帮助我远离“高大上”的窠臼，也让素材逼真，富有质感。

《跟着康培混世界》，岂能缺少丽丽的身影和话语？

“因为付出很多，所以会更珍惜！因为经历很多，所以永远无法忘怀！虽然人离开了，但心永远不会离开！爱永远不会改变！！而且我随时可以回美国的。”

窗外，白云丝丝缕缕，霞光条条束束。

在骊村，在暂时属于我的房间，我让思绪在丽丽和康家、美国和中国之间随意溜达。越是浮现丽丽描绘的过去，我越是匪夷所思：

是的，她曾经是康培的看护、朋友、姐姐、知己，也是今天和康先生康太太走动频繁的干女儿。

然而未来呢，生活定格了吗？格局僵固了吗？

谁知道。

闪闪为什么想暗算傻傻

康培告诉我，闪闪一直想暗算傻傻。

每天给三条狗分食，张世功都要征求第一主人康培的意见：

“给菲菲两片？傻傻三片？闪闪一片？”

肉香，永远诱惑着狗狗们。何况，骊村的伙食，肉总是稀少又稀少。于是，如何分配，康培看得很严。环保和营养的平衡术，他对人和狗是一样的；年龄和需求的差距，他对三条狗自有分寸。

“没办法，SamSam，我知道应当叫你开心，可是你吃多了肉，就……”说到这，培培会将目光转向我，“杨阿姨，它会疯掉，它就是想欺负傻傻。”

一条18岁的老狗，为什么要和3岁的小狗较劲？

闪闪的形象很棒，浅褐色的斑点，矫健的体态，全然没有行将就木的颓势。在骊村，我不被允许带它出去，偶然两次替它开门，也是被康培指示着“走那边走那边”。厨房是它的禁忌之地，常让我在心里对它不落忍。

康先生说，因为傻傻是专为接班而来，闪闪视其为敌手。“其实，想占位的是菲菲，傻傻根本没那个心思。”

菲菲确是名不虚传的即兴歌手。有一次张世功歌唱到兴奋处，一个加长的高音似绕梁穿壁，激出听众热烈的掌声。突然，另一个声音加入了，怪怪的，发自低处。只见一尺多高的菲菲直立着，两只前爪随节拍舞动。它不信自己吸引不了坐在一旁的“爸爸”和客人们，它要争宠，要献媚，要在厨房的天地大显身手！

按照狗狗一岁相当于人活了七年的算法，13岁的菲菲乃耄耋之年的老婆婆。

傻傻鼻和它相安相好。有时接个吻，有时呢，菲菲故意给年轻漂亮的傻傻留点儿好吃的。人们便会通知它：“傻傻，菲菲的钵里还有不少呢。”隔着玻璃观风景的闪闪，每每看到这些，心中不平，可它，却只有嚎叫的份儿。

蓦然间，我会记起在大学讲课用的讲稿：老年不可怕，可怕的是这个不断被剥夺的过程……我会记得自己讲课的声音：衰老和死亡会像日升日落一样，自然不可逆，会在不久的未来缓缓而坚定地降临到每个人的头上。

“闪闪，我来摸摸你。”

以己之心读狗，我一向被家人诟病。习惯了，改不了。人在美国，吃了骊村的有机蔬食，对狗狗反而更多情了。在这些地方，康培和我很对撇子。他答应我，一定找个时间专门给我讲闪闪。

“他救过我的命，他教会菲菲和傻傻好多好多。”

康先生听我们说狗，会不紧不慢插上一句：

“动物的生存本能让我们学到很多。”

话是这么说，可我看到的骊村三条狗，也有爱恨情仇、权力之争。

也许，人狗之间，互为影响。尤其是大小康先生，将自己视为与狗、树、鸟一样平等的生物，努力甩掉的，只是人世间的尔虞我诈；而狗狗，把恪守忠诚做到极致以后，还是会有和人类相似的狗性弱点。

第十四天

11月 9日

妈妈让康培的世界很大很大

第一次见邹陵，就发现她和我曾经的上司几乎是一个模子刻出来的，形象、气质，甚至思维方式都相近。送上司去天堂的那个晚上，一位老同事电话求证我为什么那么难过。我说，她让我看见一个女人的生命可以如何膨胀如何缩小，如何虔诚于信仰而躬身做事，还做得那样滋味无穷。

这位上司曾经在一位副国级领导家里当家庭教师，随着“×× 反党”集团在历史上“消隐”，她也从云端坠落平地。1955 年，她还是个漂亮的小姑娘。但在后来的日子里，绝不仰人鼻息、依然气质出众的这个女人，哪怕干小得不得了的活儿，人们也会为她的能力、毅力、定力发出赞叹。

康先生告诉我，从荷兰农民合作银行高级副总裁位置退下来之前，邹陵已经找到新的奋斗目标。“她经常坐‘灰狗’（穷人用的交通工具）到各处去宣讲主张。谁也不知道这个弱

骊村通往外面的路一天一个模样。路上的光影，踏步的声响，还有不远处的潺潺流水，会不断出现在我的睡梦中。

女子，曾经和戈尔巴乔夫面对面谈判；贷款 50 亿美金给苏俄，就像做几百万、几十万美元的普通业务。随她一起忙公益的伙伴，惊叹她以一当十的能量，却不晓得她曾经在华尔街有多了不起……”

我和邹陵，牵着傻傻、菲菲，沿着骊村门前的坡道款款而行。

地面上，五彩斑斓的秋叶已显稀少，但天气依然暖和。夹道一侧的迎春，不合时宜地绽出花蕊，前面两家裸露的院落，满地落着红得发紫泛光的苹果，好像镶嵌在泥地上的巨型宝石。清风很柔。飞鸟一只一只在天空划过，鸟儿们很清楚自家鸟笼的位置，吃饱喝足，就愉快地飞走。

两个打算好好聊聊的女人，踩着秋叶也踩着悠然，没法不让话题“婆婆妈妈”。

“邹陵，你知道培培感觉自己即将要死而最放不下的是什么？”

她侧过身，停在我面前。

“他说，他没跟妈妈说声对不起。”

两行热泪，倏地从邹陵脸上滚落。她甩了甩，但还是止不住地流淌。于是，给我讲培培第一次带给她的大哭：

“医生说，他没有肺大动脉，没有右肺……是最严重的法洛四联症。也许不能活下去……他，才生下来几天，那么小！

“康先生哭没哭我不知道，反正我哭了。每天都要面对死亡，也许就是下一分钟……”

圣洁的婚礼往往意味着复杂的痛苦和丰盛的岁月接踵而至。

毫无掩饰，邹陵从头讲起她和病儿子的故事。

在四个月大的时候，康培让妈妈彻底崩溃。

“我很感谢康先生，他说这不行，你得出去工作。”

这样，才有了把培培当亲人养的沈太太的出现。

提到上海人沈太太，我急切地问：“有照片吗？”

有的有的，我帮你去找。

我们迈开步子，声音大起来。

我告诉她，康先生对我说，几十年了，你在外面做得十分成功，把家也治理得井井有条。如果不是你的薪水稳定，他不可能去做有风险的生意，而培培，也不能一次次去读收费昂贵的学校。邹陵听了，好像并不吃惊。这种夫妻间背对背夸奖，当面却火力交锋的家庭生态，至少我并不习惯。但是，正如丽丽透露的，他们现在很好。我看到的，确实真的很好。

本来嘛，锅碗瓢盆进行曲，各家自有各家调。何况，一个混迹于职场的女强人，倘若不能在家里号几嗓子宣泄压抑，她如何坚持每天兢兢业业，让办公室工作滴水不漏？

我熟悉的中国女强人，尤其是那些当领导的，其中不少用回家后的歇斯底里，来做绷紧与释放的能量转换。

12岁动过脊椎手术后，培培有过十来年基本正常的状况，他们一家，便到世界各地旅行，还创造过帮助康培登上1200级台阶的纪录。“有一次，我带他和康容，我们三在西班牙住了半个月。巴塞罗那，高迪做的那种前卫建筑，非常好看非常有特点。”

情绪飞扬，让人看到邹陵的女性特征。

作为母亲，恐惧死亡追踪，难以正视疾患的可怕模样，确乎不属于伟大和美好。但是培培，你的妈妈，有自己的角色设计。她始终以为，送孩子去最好的医院看最好的医生，上最好的学校做最好的决断，就是恪尽职守。而且，她让自己的丈夫你的爸爸，无条件地全部属于你。

已经不再风头十足，仅为正义而战的妈妈，将个人的活动半径一圈圈拓展。你说她是“一个白人”，“把钱看得比命重”，可她却走进贫民区，走进五角大楼，走到白宫总统的思维所及之处，做“替天行道”之事。面对世界，她和你这个“地球防卫军”，多么志同道合！

你不也从她那感悟到一般人看不到的国际风云、人类忧思？不也从心底，深深钦佩妈妈很不简单非常杰出？

坐在厨房餐桌前，我们欣赏母子二人慷慨激昂地批评布什政府受大财团操控，不替社会公平做事。他们越是讲得起劲，观点越是一致得没有缝隙。听着听着，我便冒出滑稽的念头：

这对母子，要是生活在我们那儿，没准在“文革”中会组成个“风雷战斗队”。

“布什的选票是偷的。”

为强调语气，康培增加了习惯的手势。

“奥巴马自己操刀写自传，我读了以后很感动。美国历史上终于有了贫民出身的有色人种领袖，我们要支持他。”

说这种话的时候，邹陵特像中国电视剧里的共产党员。

康先生加入进来：“就像你们看好习大大，人民得相信他，给他时间。”

因企业家身份早年加入共和党的康海山，早已和民主党妻子意见相投。不过康先生总是在说话做事时，尽可能关照到现场的每一个人。

担任主讲的邹陵，给足了我这个采访者面子。随着主客间气氛融洽，厨房的灯光好像也明亮起来。

我鼓动张世功一展歌喉，干吗不让康太太对你刮目相看？

他也确实等不及了！

厨房里，歌声笑声，好不热闹。

没人注意康培什么时候回到他的房间。

康容说他想象不出假如自己是康培……

“杨老师杨老师，康容在呢……”

康先生为联系在台湾的大儿子，做了好多努力却始终未果，人家邹陵一开电脑，康容马上在视频上出现。

与青年才俊交往我有经验：自视高，节奏快，居高临下，句句说“我”。此乃世界通病。

康容的履历几乎每个节点都是高潮，哪怕被“开除”呢——在恩典学校读到六年级，金斯莱尔凡校长找到家长，毫无通融的可能：“我们这里的湖水太浅了。”优秀的哥哥，竟提前离开自己给弟弟铺了路的学校。

后来他被比尔·盖茨重用，从家族到朋友，个个觉得天经地义。

无可挑剔的成功人士，会配合一个外国作家采访？

一开口他就告诉我，只有25分钟时间。

高冷。明快。但确实浓缩了信息。

“‘9·11’那天，天气好得很……世贸大楼爆炸，弟弟在电话里向我描述，到处是灰尘，炸声一阵接一阵，好像总也停不下来；公寓后边有坦克，街道上危机四伏……

“纽约是我们的家。纽约遭遇恐怖袭击，我们当然很难过。对康培来说更是如此。因为他行动困难。

“灰尘影响到他的呼吸，但心理影响更大。看得见的效果远不及看不见的更让他压抑。

“他到5000里外的斯坦福校园，和我同住三个月。他和我的同学成了很好的朋友。但是我不可能一直陪他……”

我需要找到独家素材，挺不礼貌地打断他：你想过没有，假如换了你是康培会怎样？

等了片刻，康容说了个父母都没听说过的事：

20 年前我跑 42 公里马拉松，弟弟在终点等，眼看就到了，我拼尽全力冲刺，最后跌倒在地。周围的人立即跑过来搀扶，

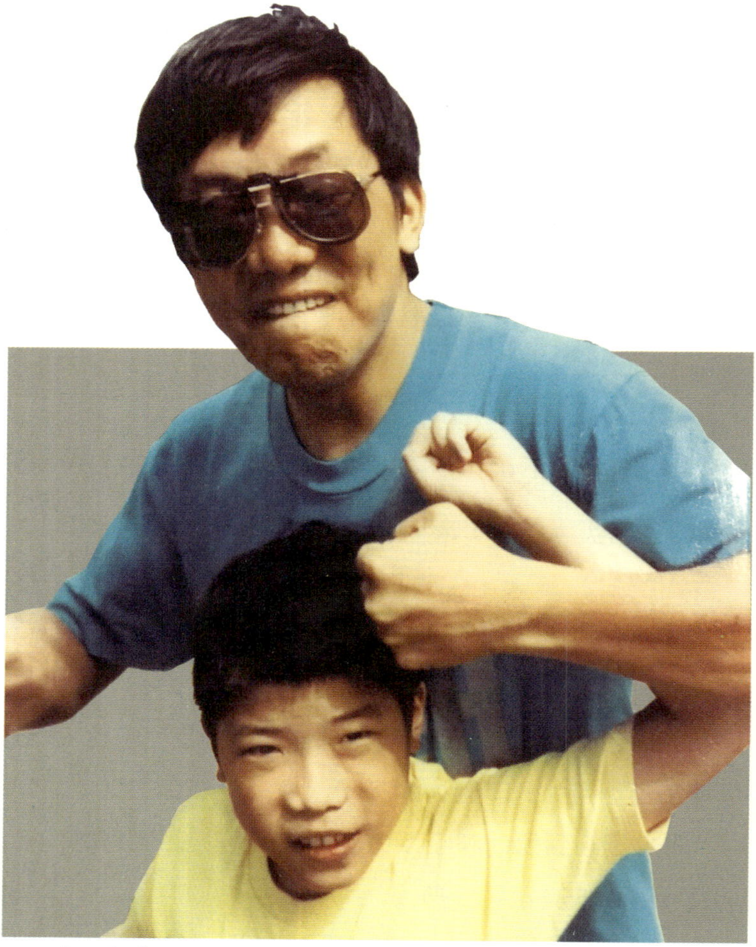

在恩典学校就读时的康培和康海山。

他们以为我会配合起身，我也是这样想的。但是，全身没有一块肌肉听人调令，那种疼，太疼了，简直没法说。我就一直躺一直躺……好久好久，才被拽起来……

弟弟问我，你怎么样？

我说太疼了，疼到无法表述。

“我每天都是这样。已经不能告诉别人，我时时刻刻都在疼。”康培慢悠悠地告诉哥哥。

康容感叹，还有多少弟弟的痛苦我不知道！

“换作我，那个样子，那样随时随地被死神追赶，那样富有情感却不能去做想做的事……会像他那样开怀大笑？乐于助人？充满想象？

一连串的排比句，康容很是动情。

“我们全家都做好准备，他也许很快离去。也许，父母百年，他还好好活着。那就是我的事情了！

“弟弟是个充满想象力的、神奇的、能发散正能量的人，也是一个非常有缘分的人。先有沈太太，后有丽丁，这次发病，广告一打又来了张先生。

“我为有这样一个弟弟非常骄傲。处在他的位置，我们未必有他那样懂得珍惜和感恩。

“我想象不出如果我们互换，我怎么能做到他那样出色。”

私下里，康培很坦率地跟我议论兄长：

“我已经很少听到他像教我打棒球的时候，发出无忧无虑的笑声。现在的康容要做工，要拼命，要负责任，他的心已经不能再有百分之百的轻松了。”

康培啊，有几个现代人，能百分之百地笑对人生？

傻傻生病，培培揪心

这天晚上，傻傻上吐下泻。

虽然张世功听到康培摁铃，跑下楼处理好一切，培培还是没有睡好。

因“亲儿子”突发疾病，我们看到了一个立体的康培。

第十五天

11月10日

采访，还要进行下去吗？

这天早上，培培和邹陵都没在厨房和大家一起用餐。邹陵不奇怪，她的起居时间本来就异于常人，都是凌晨以后躺下；培培似乎也对头，他自己会做饭，有时候，早早吃点儿芝麻面包夹起司，或煎个鸡蛋、喝杯诺丽，但不忘通知大家他提前吃过了。

我先下楼，见康培躺在沙发上，他对我说，昨晚傻傻生病了……经他同意，也是在他的指点下，我先将闪闪放出门，然后牵菲菲云散步。

这是我第一次一个人带狗遛弯。

大自然的脸在秋风中开始憔悴。

森林里，褪去树叶和细枝的树，娇媚易为冷峻，组成褐色的阵容；仍留在路面的枯叶，有的现出经脉纹路，有的顽强地等待就地腐化；池塘边，那株孤零零的枫树，身姿尚显挺

拔，红叶却不知去向；花坛里继续结苞的玫瑰，有一朵即将绽开的花儿快活地摇曳，让人想起爱尔兰民歌《夏天最后一朵玫瑰》——可现在已是暮秋时节！

赶紧拍照。

饭桌上，我讲起闪闪追鹿——好矫健好雄性的奔跑。“那只鹿也不服输，突然停下，翘起华丽的尾巴。天呐，衬底的毛雪亮耀眼！怎么会是白色的？”

张世功马上声音洪亮地解答：“是白尾巴鹿，这附近有它们的家。”

“别讲话了！我今天不舒服。”

康培在他的电脑间喊。

饭桌上立即剩下压低的咀嚼声。

康先生歉意地看了我一眼。

突然，康培推门出来，大嗓门喷射出极其男孩子的怒气：“爸，我不要做了！”然后是一连串干脆的英语。

我基本听明白他说的内容。

张世功大口吞咽。

每个人都想以最快的速度结束这顿早餐。

康先生破例没有敲门就进到我的屋子：“你看到康培的另一面了吧，对不起啊。”

谁会为这由狗及人的遭遇愉快？

谁又会为一个心脏病人的反复无常而忌恨？

我说没什么，我理解。

半个月里，康培无可挑剔的礼貌和通达，曾让我有几分诧异：难道这是他恒定的状态？未免太完美了。好，有了此刻这一幕，反而印证丽丽的来函可信，康先生的坚持伟大。一个非单色的主人公，恰是“非虚构”笔下不可或缺的素材。

过了一会儿，我想起头天下午康培告诉我，妈妈曾经到他屋子对他说，“这样把家里的事都讲出来恐怕不太好……”

采访，会不会戛然而止？

透水铺装·模亨克山堡

我们一起送邹陵去京斯敦乘大巴。

之前大康小康都对邹陵拨冗配合感叹不已。康先生说，邹陵非常尊敬杨老师，特意在最忙的时候挤了两天时间到山里来；康培说，妈妈以前交往的全是上层人士，现在已经很少有机会和杨阿姨这样的名人聊天了。不管真相是什么，我自己感受到的，确是非常干净的友善：她帮助我找到很多家族照片，让我读懂了不同的女人心思，尤其是，她让我重新发现，原来康先生放到我房间里的两本家庭画册，意义非凡。

去纽约的巴士一小时一趟，很方便。我们不必急着赶车，便决定先去易园看看。

透水铺装工程进度不错，几乎可以看见院子未来的模样。

邹陵第一次到工地来，而我则造访这里多次，所以敢冒充内行，说几句透水铺装。

“别看就是整齐地铺了些透水砖块，它能吸收和降低噪音……既降低太阳暴晒后的温度，还能快速渗透雨水。假若城市随处做这样的改造，雨洪现象会大大减弱。而环保和美观，将给住户带来心灵愉悦……”

我说话的状态像个亢奋的工地解说员，邹陵听得一个劲儿点头。她在纽约的公益事业做得风生水起，一项直接的成果是：几天前，奥巴马下令不批准已经在国会获批的克石桐输油管项目。眼下康先生忙乎的环保项目，似乎让她有种城乡呼应、夫妻同心的锦上添花之乐。趁先生去忙工地事务，她再一次很客气地替小儿子向我们道歉，说你们别太当回事，康培的坏脾气已经只剩下从前的百分之几了。

正在进行中的易园透水铺装工程。

康先生走来，接过透水铺装话题，谦虚地说："杨老师见过大世面，却总是夸奖我们易园这件小事情。"

我没再做解释。

在国内，屡屡被朋友喊去为几十万、上百万平方米的地产项目发言，明明是做友情捧场，却因所谓文化人名气替商业项目涂抹上这意义那价值，心里并不觉得熨帖。然而，走过易园，解剖一只小麻雀，不必大书特书虚张声势，却满足了我这个读书人内心深处对商业和文明的真向往。

送走邹陵，康先生提议去Mohonk Mountain House——一个经他翻译为模亨克山堡的地方。

他说那儿值得转转。

森林里，盘山公路上，好像只有我们这一辆车。转到目的地，才发现此地仅办公的地方就占地几千平方米。静谧的停车

与山路相连接的模亨克山堡。

场，各种车辆排列如阵。这是座至少有500间客房规模的大宾馆。

嚯，通体裹着古旧的青苔色，气势直冲云霄——模亨克山堡，原来“长”成这样！

真是藏在深山有人识。

康先生说，虽然是个高级宾馆，但山湖幽深，没被污染，不仅吸引国际会议，也吸引都市人群前来静养。看得出，这儿生意很好。

雨水淅淅沥沥，忽而大滴落下，忽而躲进云层。置身云雾中，好奇心更加强烈。不刻意笔墨、似“没做手脚”的景点布局，也给想象留出巨大的空间。

我们先看水再爬山，走着走着迷路了，但不改初心地一直走下去，就会觅到开阔的通道。美国的，不，应该说是纽约上州的山，几乎全是页岩质地的青石，远古的造山运动给这儿留下一些惊人的物理奇观：大块的青石或以犄角之势悬在半空，

犄角之专的大青石。

或陷出天坑一样的凹相。观赏这些青石，有时会吓一跳，有时会为不可思议的对称、错位叫绝。如果不是心里一直在等待一个未知的结果，我又会玩出“无龄感”的痴相。

拼力爬上观景山，终将模亨克尽收眼底。一片湖光山色，却和国内的感觉很不一样。确实，水土含着地域基因，别说是隔着个太平洋，同一个中国的岭南和塞北，摁个快门就能分出哪儿是哪儿。人种亦是，身体零件雷同却肤色容貌天壤。

正想着，康先生的手机响了。

“培。”他亲切地唤道。

我和张世功继续登山。

走了一段路，停下脚步。我说，采访恐怕难以进行了。回程票是19号，是机票改签，还是……

张世功安慰我：“不要把病人的情绪发作太当回事，你没看他们久久放不下电话吗？康先生在说服他。”

“无论发生什么，写作计划不可逆转。

“最多你先去纽约，回避一两天。康培是那么高兴你的到来，他绝不会放弃这本书……”

但是康先生一直倚着栏杆，一边倾听，一边还在认真解释。他脸上挂着温暖的笑容，语气似乎添了些开导的成分。

时间过了很久很久。

其实远远地，康先生讲什么我们根本听不见。

“有解释的空间就好办。”张世功信心满满。

来美国这么久，我和老朋友还没这样闲待着聊天呢。于

从高山上俯瞰模亨克山堡。

是，张世功对我讲了他的家，他的难，他应对抑郁病人的招儿。

得知这位朋友生活得并不像他让我们感到的那样轻松，我心里不大是滋味。但是，他总在享受简单的快乐，也无须听风是雨，杞人忧天。

张世功突然改了语气：“康先生在叫咱们！”

他毫不怀疑，智慧的、从来以大局为重的康先生，能把事情摆平。他希望立即打消我的忧虑。

“老张，你看这样好不好，你先放几天假。咱们给康培一点儿空间……”

怎么会是这样？

我可以腾空间给康培，但不能让张世功丢掉工作。

张世功说：“康培气性大，不顺着他，他的病会严重，也许会出大事……没问题，我马上走。”

“为什么不能接受呢？”

两小时后，康先生开车送张世功。

外面的天气，本来细雨迷离，在我眼里一下子变成冷雨凄风。

老朋友竟然没跟我打招呼就走。

从模亨克回来后，张世功将自己所有的东西收拾一空。我跑到他的房间对他说，你是一家人的开心果，就连96岁的老夫人都嘱咐康先生把你留到……

他却以看破红尘的口吻匆匆回应：“我本来就只打算留到书写出来……”

别啊！

我想给他拿点儿东西带上。待出了自己房门，两位先生已经在汽车上了。如此紧张，决绝，仿佛……危若累卵！

我是被“阶级教育”过的人，对待悲喜，习惯性思维占了上风：干吗迁怒一个无辜的人？你们不是对张世功特别满意吗？却一下子让人家说走就走……未免，太资本家了！

记得最后在楼梯口，我刚想开口喊他，突然想起第一天来骊村他对我的辅导：康培睡觉，任何人不要发出声音。我站在那儿，看着康培紧闭的房门，对老朋友的印象，竟变成酸楚的记忆：

他为搭蔬菜棚挥汗如雨；

他为促成我来写书，一遍遍打电话发邮件；

他傻乎乎地把厨房当舞台，为大家唱了那么多好听的歌；

他用简单的快乐感染每一个人；

他……

我写了点儿东西发给康先生。

虽然不是胡适级别的“宁鸣而死不默而生”，但洋洋洒洒也是痛快淋漓了一番。我做不到不分是非的“安之若素”！

就差没说你这个资本家怎么可以那么娇宠自己的公子。

很快，人家回了“九”个字——“为什么不可以接受呢”？

无语。

既然一拳打在棉花上，我开始回想问题的来龙去脉。

也许是昨晚上太热闹太无视康培的存在，那责任在我；也许是康培觉得张世功的喂狗经不行，他是狗狗生病的元凶；也许康培觉得我成了妈妈的同盟军——妈妈不在的时候我问他晓不晓得女人有更年期、高级白领有高级苦恼——待亲见我和她关系密切，激起他遭遇“背叛”的恼恨？

……

再想康海山。

他究竟是个什么人？

跟与他打交道的多方面人接触，听到的全是正面评价：

在纽约，追随他30年的摩纳哥工头问他，我的毛病你一清二楚，为什么还要一直信任地用下去？在京斯敦，老客户告诉新供应商，康是会在水上走的人（耶稣呀），他有数不清的解决问题的办法；在骊村，每一个遇到他的人都善待他——百米开外那个在纽约当政府信贷官的女士，就因曾经是他的房客而选择毗邻买地造房；在中国，丽丽说他修炼成仙，留学生说他是没有教职的教授……

模模糊糊的，似乎有了答案。

用物理空间换心灵空间

可以肯定大康小康没有密谈过。

但是康培的眼神，面对我的羞愧感，他对自己臭脾气的懊恼，全写在脸上。

我说，再饿傻傻一晚上吧。狗是直肠子，宁可少吃不可饱胀。

对的啊，张先生喂得太多了。

做晚饭的时候，就像什么事也没发生，康先生轻描淡写告诉我，登报找张世功那会儿，康培的身体相当糟糕。你来时，他恢复到几乎正常，就觉得被老张亦步亦趋照顾，有心理压迫感……让老张先回去，休息几天，然后回来当我的工作助手。对大家都好。

哦。

停了一会儿，他又说，问题在我。康培没发病，我每天出去做事，他可以一个人安安静静待上六七个小时，这次我从加拿大回来，增加了老张，家里又来了客人，物理空间确实发生改变……

我接着他的话说，你腾出的是物理空间，我却要改变一个观念。他转过身，等着听我说。

“一直到刚才，我只把康培当成病人、当成晚辈，从没把他视为正埋头著书的作家。”

康先生笑了。

作家，需要谈他的作品，需要腾出写作空间，需要允许他矫情，古怪，避人，不乖……

这天晚上，我们俩聊天超时近两个钟头。

康培的话密集而集中。

我呢，面对同道，当然也来得更加自在。

快活的康先生征求我们的意见，是不是要邹陵出面，请张先生喝杯咖啡，让他不要“休息”得太久。

康培和我没有疏远，他觉得我对人性、对狗性的理解，可以更加深入。

于是，我跑上楼取来笔和纸，做采访记录。

身体允许的那些年，康培去过世界上很多地方。忘记问他，喜欢“九”字的这位纽约绅士，是不是有九条领带……

他让我想起古希腊的《伊索寓言》

关于人性，他还是要说妈妈。

“她真的很爱很爱钱……因为我摔碎一个她买的手机壳，就一直骂一直骂，骂到我跑出去想自杀……

“夜里，听到他们吵架。妈妈不停地提到钱，钱，钱，我就觉得全是因为我。我是个废人，只会花家里的钱……

“高中时期，我一生最难过的岁月……妈妈的妈妈——婆婆，能一整夜地骂……”

我搁下笔。记不下去了。

不是替邹陵难过，而是在想自己。

倘若有个作家去采访我的儿子，在儿子心底，是否也有这样永不结疖的苦痛？

我感受到的邹陵，人性并不恶。相反，她有金子般的好妈妈的大善大爱：为康培童年做精致的生日记录，为带他出门买“最忠诚的老臣”手推车，为他远离残障生涯在全纽约寻找学校，为他能见多识广设计旅游线路，为给他最好的生活拼搏职场……

可时间灰尘却将这些糊住了，远不如几句口舌之快让亲爱的儿子铭刻在心！

也许，还有一个原因：康培依然深爱着丽丽，他为丽丽曾经受到的阶级偏见耿耿于怀。可是，笃信“量大福大”的丽丽，早就摒弃前嫌，和邹陵亲情往来，而且真的相处融洽……

我想起古希腊的《伊索寓言》，那里有关舌头生动的比喻。伊索说，一条柔软的舌头，可以杀死一颗怦怦跳动的坚强的心。

关于狗性，作家康培更是讲得生动。

第十六天

11月11日

闪闪说，活着就是胜利

“那是三年前，六月里一个闷热的下午。

“我们发现闪闪不见了。

“菲菲的叫声很怪。空气里有种不祥的味道。

“之前，闪闪总在自己喜欢的土堆前刨来刨去，我们对它说，树移走了，这个地方还是属于你，将来就做你的墓地。

“但是它没在那儿。

“它躺在户外楼梯底角，样子让我想到当年的英雄。

“身体有股腐烂的臭味，不是感觉到的，而是真的发出一股难闻的死亡气息，这味道连菲菲都害怕，它躲得老远老远。老爸拿来诺丽，涂在闪闪受伤的地方，但它仿佛没有知觉，就像灵魂已经出窍只有一丝呼吸……呼吸也是一点点地、一点点地要没了……眼看着它的头、脖子，还有四肢变得僵硬起来，直挺挺的，等待死亡。”

这个楼梯角，原本是老狗闪闪打算在此咽气的地方。

康培的话出奇地平静，但我看见了超乎寻常的生离死别：

没有医院来苏水的气味，没有等在那儿商量后事的人群，没有嘁嘁喳喳看热闹的围观者，只有热风裹着热浪，和两个人一条狗，死寂地呆滞，面对。

本来鲜活的一条命，眼看要变成一坨腐烂的垃圾。

“我哇哇地哭。

“英雄走的时候我哭过。但英雄是朋友是知己，闪闪却是家人，是儿子，是这个世界上绝无二心、永远爱我的那一个！

“我哭着跟它告别，对它诉说心里的感激。

“我说闪闪，感谢你一直爱我，帮我活下去。感谢你陪伴了我这么多年，从没做过背叛的事。感谢你听得懂我的每一句话……

“感谢你相信我也深深地爱着你！

“但是闪闪，我舍不得你，舍不得……”

天更热了。空气里弥漫的苦痛把人箍得紧紧的。

哭号声在森林回荡。

“闪闪，闪闪……你要走，就好好地走吧！”

康培泣不成声。

这时候的老爸，只能任由儿子大哭。

康先生知道，在病儿子心里，闪闪连着他的筋骨和血肉。

“闪闪，你走了，谁来接替你？

“闪闪，闪闪，没有你的帮助，我该怎么办？”

康先生对儿子说，就让闪闪在它自己选择的地方老去。

“这么多年了，它确实很累了。”

“我带着一脸泪水回到电脑前。”

这对父子无法说准老狗的年龄，只记得它是在英雄死后第七年来接替它的。

当英雄离去带来的悲伤平复后，康海山和邹陵陪小儿子到当初领养英雄的地方打算再给他找个狗伙伴。一路上他们制定了几条原则：喜欢舔人的不要，见人扑上来的不要，喜欢叫的不要……

哪知道，刚到那里，不等挑选——

“闪闪就扑到我身上。它表现出的特征全是我们事先要拒绝的。可是，我和它立即有了感觉。”

从领回家的那一刻，闪闪每一分钟都陪伴着康培。从纽约，到骊村，一直和他在一起。

很多次，闪闪正在森林里追赶野鹿，突然折返，惊慌地飞驰而归——第六感让它知道，康培出事了！

“如果我昏迷，它会用前爪轻轻拍打我的前胸，呼唤我，嗅我的呼吸，担心我不再醒来或者自己想放弃……如果药瓶滚落到够不着的地方，它就用鼻子拱，用爪子推，大声喊叫，让人们知道康培需要帮助……”

这些年，有闪闪陪伴儿子，康先生可以出去工作，甚至将康培一个人留在家里，自己去纽约城或更远的地方做事。

“有闪闪在，我不寂寞，不害怕，很安全。”

可是现在，忠诚无私的闪闪真的要永远离去了。

不知什么时候，躲得远远的菲菲，出现在康培面前。

康先生说，菲菲好像明白家里发生的一切，一面扮萌逗人开心，一面围着康培转来转去。

“那种体贴、殷勤，人都做不到！”

虽然老母狗的模样从来也没好看过，但这一刻，很精神，很抖擞，目光中闪烁着少见的妩媚。

“它是在告诉我们它也行。”

世界上有些事情是无法做到绝对公平的。

譬如人们眼中的菲菲。丑陋，没有故事，遛弯时候也是夹在中间。可唯有这个“老婆婆”，和人类世界众多家庭中不被人在意的老女人一样，该溜缝就溜缝，该担当就担当，事情做了，退到墙角，既无主角光环又无宠幸履历。如果不是培培对我强调，我真以为菲菲对他没有救命功劳。

然而菲菲才是这个狗家庭中最重要的一员。

夜里，康培忽然听到厨房门在响。

不是风，好像门被敲击着，让人想起多年前英雄的告别。

仔细听，有微弱的叫声：

咦哼，咦——咦——咦——

“是闪闪吗？”

康培不觉坐了起来。

离开闪闪的最后一刻，康培曾经哭喊着：“闪闪，闪闪，没有你的帮助，我该怎么办？”

门口，老闪闪蹒跚着，颤抖着，站在那儿。

“活着，我要为你活着。”

它用仅有的气力把这句话告诉给了康培。

从此，忠诚的闪闪为康培硬撑着老命。

丽丽留下来的规矩之一，是让骊村敞开大门迎接客人。可爱的北师大副教授曹夕多，和所有被康培喜欢的人一样，因与狗狗们关系密切而备受欢迎。

骊村来了小 baby

骊村的某种美，弥漫在人与动物之间。毫无雕琢的骊村文化，缓爱的，自然的，平实而又紧促。

那天晚上，闪闪卧在康培的睡房，整整三天不吃不喝养精神，直到一个星期有了生气，一个月后重新站起。

为康培找只代替老狗的伴，成了大康和小康的当务之急。

不久，傻傻来了。

毛茸茸的小 baby，好可爱！

金毛狗天生温顺，傻傻又长得格外周正。大眼睛，长睫毛，没一个地方不招人疼。看着傻傻一天天长大，康培的父爱也一寸寸地滋生。

傻傻的出现，衬托出闪闪性格中的弱点，忠诚但不会来事。

主人无意识的疏远激怒了闪闪，它会时不时用愤怒的行动，宣泄对未定的不满。

“杨阿姨你看，我的手腕，爸爸的手腕，都有它咬的伤！”

“不打破伤风针吗？”

“我们不用打。住在同一个森林……”

哦，就像长期喂狗吃人类食品，这也是骊村文化的一部分。

骊村的空气、水质，康先生一家对环保的重视，哪是任何地方的人都可以照葫芦画瓢的？

康家对有暴力倾向的老狗闪闪，不得不动用限制手段。这也就是人们看到的，除了每天必须的排泄、放风，其他时间都把它关在单间，它只能隔着玻璃，看人们如何喜欢傻傻，怎样和它亲热。

好多次，累了一天的康先生，拽着傻傻咬来的布条陪它玩耍。只见他们你前我后，生拉硬拽，没完没了地疯——玩得就是个人狗情，就是那个不分输赢的嘻嘻哈哈，快快乐乐。

隔在门后的闪闪，再嫉妒再不满，连吼叫几声的劲头都提不起来了。

“没办法，有时候我拍拍它的屁股，也给它吃点肉，少少地给它一点儿开心，它就尾巴甩来甩去说谢谢。

“没办法，我不能让它更舒服了。尽管它救过我，还帮我培训菲菲和傻傻。

“没办法，我知道它劳苦功高，傻傻游泳就是它教的。但是它有暗算之心，必须受到约束。”

“没办法”也是培培的口头语。

听完闪闪的故事，我想起康先生讲的日常老和尚。

作为一个在海内外有影响力的福智机构创办人，年岁已高的日常上师自觉无力再主持福智事务了，可选中的接班上师真如，虽学识渊博，却资质尚浅。为将福智僧俗团体交付出去，让接班上师顺利承接法脉，老和尚把示寂的日子整整推后了五年。

人们说，得有多大的功德，才能自己操作生死开关！

也许人之所以为灵长类的智慧生物，盖因为不仅可有和狗一样的忠诚，还有动物无法企及的精神信仰、文化寄托。驭狗有方，和谐相安，更是骊村人过好平常日子的道行。

13 岁的菲菲也就那样了，狡黠却不捣乱。

18 岁的闪闪依然英俊，但分分钟都会死去，最好的善待就是陪伴它自然离开。

3 岁的傻傻代表着新生力量，它的存在，让骊村生生不息。

常看康培端一碟油，放在傻傻面前，然后帮它抠身上的叮咬虫，“这是我从网上学的办法，沾上油再揪虫子，十拿九稳。”

于是啊，外面越是风骤雨狂，屋里的人和狗，越显得安然自在。

每逢看到漂亮的傻傻，似睡非睡趴在康培的沙发上，那种绝无权欲、爱谁是谁的漠然，总让我忍不住要去抚摸它光滑的脑门。

康先生自诩是傻傻的同类：

“聪明的人难懂糊涂的美。闪闪什么都懂却经常挨骂，傻傻会得很少却讨人怜爱。人要想轻松自在，学会难得糊涂就不那么累了。”

也有人这样理解郑板桥的糊涂经啊。

傻傻的游泳术，承袭了教官闪闪的风格。

康培书房里的三样东西

康培书房的墙上，有三样东西令人过目不忘。

一幅油画——狗狗英雄的“肖像”；一幅美术字——爸爸康海山送给儿子的“希望”；一纸声明——康培交代给人们的生命自主“告白”。

这三样东西，吸引我看了很多次。

我试着理解它们在康培世界里的分量。

第一样：

康培告诉我，那幅油画是他自己花500美金在纽约找不出名的画家替英雄画的。这幅肖像谈不上有多么高级，多么生动，但逼真、耐看。我相信，把英雄画出来挂在墙上时刻陪伴自己，不仅是无声的纪念，更是康培对情义的在乎和诠释。

第二样：

这个家，实用的东西随手可得：水果、干果，新鲜且丰盛；生活用品，简约的装饰，也很是中产水准。但待久了，我却没见过一件值得梁上君子顺手牵羊的东西。康先生对于物质有点儿精神简癖。何为简癖呢？是借了洁癖的意思。他有一套指导消费的理论：买了不用是奢侈，超出预算是豪华。在康氏父子身边生活，担心被小看，我在国内习惯使用的名牌纱巾都不敢换得太频。应该说，在我眼里，骊村没有一丁点儿浮华气，也没有可供升值的收藏品。然而，康先生送给儿子的美术字——“希望”，看似无意却有画龙点睛之妙用。不管是康培自己，还是走近他的人，总能从这幅字里体味到老爸的良苦用心。它挂在康培案头右上方，暗示作用不言自明。反复看了很多次后，我突发奇想：这件东西，当是骊村最可宝贵的有形资产了！

第三样：

亦是太平洋对岸的中国家庭绝不会有的东西。

在美国，关于抢救，病家和医院各执一词。病人可留遗嘱“不必做任何医疗抢救”，而医院则规定“对濒临死亡的病人必须施以援手”。也就是说，即使病人自己放弃了，只要尚有生命体征，医护人员就一定要进行全力抢救。只有一种情况例外，那就是：病家把放弃抢救的意愿明确地写进遗嘱，而且必须有执业医生的郑重签字。康培的声明，就经医生签字，确有法律效力。令人侧目的是，最严肃的告白，却写在一张普通得不能再普通的纸上——“请不要抢救我”。我想象不出这句再简单不过的话，最初给父母带来何等冲击。它已经挂了很久，字面稍稍泛黄，走到近前仔细看，我倒没被吓到。但这第三样东西，虽然背后藏着“开心地活，舒服地死”，符合康培的生命观，还是让人在力透纸背的思考面前，为乡村文化的达观和洒脱肃然起敬。

因为头一天的“发飙”，第二天一早康培又主动对我说了“对不起”，当时我搪塞了一下，后来借故去他房间，在“告白书”前站了一会儿，特想跑回厨房去好好抱抱他。

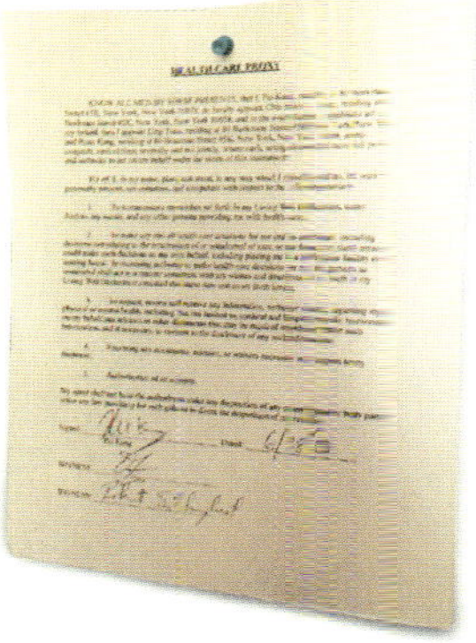

由康培和医生共同签名、具有法律效力的生死告白书，不过就是挂在墙上的一张打印纸。

第十七天

11月12日

于无声处

今天去京斯敦。

康先生打印了一摞彩纸，把垃圾分类什么的，用看图识字法提示给客户。趁他走进楼里分发“宣传品”的当儿，我离开办公室去外面看看。

京斯敦是个沿河而建的口岸城市。

易园所在的“中区”，很像中国一些尚未卷进大开发大巨变的内陆县城，既没有扎眼的繁华，也没有闹心的拥堵，商店和住户，寡寡淡淡，仿佛恪守不事张扬，不喜折腾的传统。

对面有人过马路，一个八九岁模样的小胖子突然停下，伸手去牵动作迟缓的老爸，原来那人有腿疾。小家伙不疾不徐，就是给个手势，让对方知道他肉肉的手杖在随时候着，见爸爸一跛一跛走到前边，孩子便紧跑着追。我很欣赏这种亲人间不可替代的帮助——保持亲切的关照和适当的间距，是很高级的人际关系，不是谁都能做得这么有分寸。

心脏病不同于肢体残障，康氏父子的互动多半不会出现在街上。但康培的动手能力并没因老爸的体贴而退化。除了关在屋里写他的魔幻小说，随时向外界“发射”正能量，凡是自己能做的，他都做得有板有眼。那天讲起对老张的“意见”，其中一条是说他洗澡时每个地方都用力搓……

“我能做的，不要让别人替我做。”

康培翘着鼻子，让我知道他不是鸡蛋里挑骨头。好像为了佐证自己恢复得很好，生存能力很棒，用餐时，让我看见他已经剃了头发且剃得很不错！

“自己剃的？”

“当然啦！”

我暗自庆幸。

前几天曾几次想帮他换洗衣物，因担心闯入“私人领地”而忍住。别看大家每天有说有笑，一旦干扰了习惯，比观念发生冲突还让人难受。

中美文化的不同，有些地方很有意思。中国人亲昵起来，把关心说得露骨，把体贴做得外在，不这样还怕失礼；而美国人，不用余光探究别人私事，绝不“关心别人甚过关心自己”。我的老友张世功，一直活跃在法拉盛那样的中国人生活圈，入了美国籍却未必深谙美利坚人与人的相处之道，所以，工作勤恳却被“放了假”。好在康培是一心要做绅士的，也承认张先生心胸很宽，做人随和，经过这次“发飙”，以后大家反而可以把话说得敞亮了。

康先生回来了，我也到办公室打开电脑。没等我做什么，办公室来了客人。

一对犹太裔母女，家中状况不佳，康先生暗中决定不催房租。是不是减免，我没问过。成熟的商业社会，不催租金就是表达善意了吧？结果，人家按日子赶着来了。凡吃政府救济的美国人，出现经济窘迫一般不是吸毒就是生病，这对母女是因为身体问题得到康先生的同情。不等我为“人穷志不短”发议论，另一位气质抢眼的白人敲门进来。此人颓废、懒散，没有道理的自恋神情让人过目不忘。

终于有机会端量这位名门之后了。其实并没人告诉我他是谁，但我认定，没话找话的这位，就是藏在易园里的那朵奇葩。

自称著名音乐家之后的这位先生，乃欧洲近代“印象主义”音乐鼻祖德彪西的曾孙。人家不光有德彪西血统，另一位法兰西音乐奇才、擅长写西班牙风格乐曲的拉威尔，亦是他的外曾祖。仅就这些倒也罢了，落魄的名门之后遍布世界，拿血统说事构不成故事。让 Jan Goldener 大肆张扬的是，他被偷了高贵的精子。

真是匪夷所思。

某天，Jan Goldener 在电视节目里发现个叫 Jan Bugg 的青年歌手，那孩子所唱旋律听着很熟，他立即认定，此人乃自己的骨肉。费了不少周折他在伦敦找到这位歌手并对他说，孩子你看，我是不是 25 年后镜子中的你？

他们实在太像了。

麻烦的是，孩子妈不接受这位不请自到的爸。而名人之后因发现世上有个能作曲的儿子，便认定当初的办公室女秘书是为偷精子而策划了与他的鱼水之欢。儿子说，如果你和妈妈继续相爱，那么咱们就是一家人；我妈妈不接受你，你还是回美国领你的政府救济金吧。

从此，每回只能写半首曲子的被窃先生，开始兜售他的身世与不幸。有两处他讲得特别叫硬：“我的脸，凝聚了先祖最有识别性的特征；我儿子的音乐旋律，与我继承的才华如出一辙。”

这与鲁迅笔下祥林嫂失去孩子后的语无伦次、内容相悖情绪相似，遂成人们口中笑柄。

仅一座中档公寓就聚敛了这样一些奇葩（还有其他故事呢），可见京斯敦也就是表面寡淡而已。早几天还听说，易园的前房主，是塔利班核心领导的身边人，做过阿富汗驻联合国的一秘，可面对房客，却讹人钱财，一副“我是流氓我怕谁”的无赖嘴脸。所以老住户们简直没法相信，叫康海山的这位黄种人，怎么能自掏腰包改善停车场，让他们住在花园般的环境里。

结束工作往回走，我终于可以问点儿什么了，旋即提起模亨克山圣。

“不晓得您用什么招数开解培培，并做了现在看来事半功倍的决定。”

康先生说：“每次遇到培发作，一般就是先接受。那是病态，我们不要和他讲理，先躲开，各自做事情去，让他自己想清楚，到时候再和他聊。一次解决不完，还有下一次，一点点地进步，最后，总会找到解决的办法。”

完啦？

我第一次想到性别优势。

也许，用男性的以柔克刚比用女性的恨铁不成钢，对解决家庭矛盾来得更容易一些。虽然康海山是因儿子生病不得不长时间居家，然而，他的方法太棒了。假如换作是我，那天在山上接到电话，不仅要同儿子吵，还要对外人说一大堆致歉话，做很多挽回的事，最终，在人群中酿成个事件，在行动上做成个工程。如此这般，哪里会像现在这样轻轻举起，妥妥放下。

康氏父子精神和心灵的相通，从无勉强。

他反过来问：“你一个当惯了名人的大作家，跟着来看这些小生意小镜头，觉不觉得素材太轻，意义太浅？”

“哪里呢。我本来就没觉得是在追踪华盛顿、杰斐逊。但我还是希望听到，你为什么总是上扬嘴角？”

那些工地上的，租房子的，合伙做生意的，为儿子编书的，不会个个都把你当耶稣敬着吧？何况，康培再绅士，终归不是个省油的灯。

“你不觉得任何人都有善恶两面、有神性和兽性么？关键是你怎么对待人。如果你使用自己的善，对人微笑，激起别人的神性，那么，你每天都活在天堂里。相反，你对别人不好，激起对方的恶意，时间久了，你就掉进地狱了。”

就这么简单。

山里藏着个“未完成”作品

康培与杨阿姨设计的观光“节目单”，照目前的进展还有不少没去看过。当天下午，康先生直接带我去参观“一个人”的雕塑博物馆。

汽车在林中疾驰，看得出，“导游”轻车熟路。他说，这个项目不是旅行社的景点，大陆客人、附近的人也不大来，但是喜欢的人，再到骊村做客，会让他再带来一次。

森林里刮起凛冽的风，大雁几乎全都飞走了。康先生不再抒“衡阳雁去无留意”的国文情怀，改了主题，问一见树林就欢喜的我：“能回中国去号召种树吗？”

公路两侧的房子，没一座重样的，褐色的树干，为彩色别墅铺上厚重衬底。山泉从挡水墙渗出，飞溅起不对称的银帘。山峦起伏，云蒸霞蔚。对面山坡有野鹿在跑，丝雨拂“面”——秋风秋雨荡秋愁……

每回坐在副驾驶位置，都是我沉醉自然享受安谧的时刻。听着“如果一人种一棵树，中国就能为地球增加14亿株树”的念叨，觉得挺煞风景。但我没有回应，心里却不免愤愤然：您是骊村人，一年365天，最少可以看“流动油画展”数十上百场，我呢，也许从此没了机会……

“杨老师，我们难得碰到一个像你这样尊重自然、喜欢树木的人，尤其来自大陆……”

“我记住了，康先生！我知道你和邹陵都有使命感。可……能不能不要劝我。”

愕然。

康海山不晓得哪里得罪了客人。

青石矿私人博物馆掠影。

好像杨老师从不愠怒，从不反感他们提福智理念。除了为张世功“放假”曾经写过一封邮件，写的什么他也不记得了。

安静了一小会儿，他笑嘻嘻地问：“是不是有点儿累了？”

这个理工男啊！

在同一个空间，思维的运行轨道发生交错，怎么能不产生矛盾？

我突然觉得自己不近人情。

大陆有句玩笑话：“不欺负老实人有罪。”我是被这位“生死之间来去如归”的好好先生搞蒙了头，太任着性子放逐情绪。于是赶紧调整：“康先生，请给我讲讲哈维·菲特。咱们是不是就要到他的‘未完成’作品了？”

一个抱着哈巴狗的红衣人跑出来，说了几句话，收了门票钱，让我们自己在这个私人博物馆“随便看”。

群山环抱着这个寂寥的雕塑博物馆。

从艺术家哈维·菲特早先赖以谋生的作品——小石像开

始，我们一步步走近逝者奇异的构思……

铁链子，铁环子，铁轱辘，以及说不上是什么构成的铁艺组合，带着风吹雨淋气息挂在外墙。

不涂油漆的工具房，各种斧子、锤子、炉子，各种各样的铁制器具，几十几百件摆在那儿。

这些工具，艺术家都使用过。

哈维·菲特从学用玛雅工具，到学做玛雅建筑，整整干了37年。如果不是1976年出车祸，这位买下废弃青石矿，要给世界呈现惊讶的艺术家，就能实现他“40年梦幻雕塑”计划了。

走进这个青石矿私人博物馆，便成了行为艺术的参与者。

看我屏息凝神、仔细推敲，康先生情绪大好。他觉得自己为这儿带来一个遥远的知音。

与其说我被作品迷住，不如说我带着积攒下的情绪被艺术家的执着强烈震撼。得有多大定力，才能不用一个帮手，不着一笔构图，单用想象和营造——每天每天，一块块地搬运废矿石，将它们码好，摞齐，组装成形……37年，一万三千五百多个日升月落！

“我觉得他工作的状态已经是行为艺术了。”

“好像没有人这样说过。”

“你不觉得你对他的理解超过我们吗？”

康先生不解。

他认为自己就是个带路的，一个也蛮喜欢雕塑艺术的普通人。

“培培也是你的‘未完成’。只不过，你们不给自己设定时间极限罢了。”

……

这个联想未免唐突，但康先生没有生气。

回去给康培“汇报”收获，我们都不约而同提及：

“现在那里举办过世界级的露天音乐会，还有戏剧、演讲、舞蹈表演，好多社区活动都在那儿搞呢！”

谁指挥我们这样统一向他传达外面信息？

是回避我那个“未完成”的唐突比喻，还是要让康培活得单纯、轻松？

其实，就是一个巧合。

我和康先生，我们的价值观、艺术品位十分相近，思想也挺和谐，然而各自存储的信息，决然有东西半球的大距离。

只是没把苦难定格在脸上

密西根大学人类学教授贝哈说：“如果没有温柔到把自己的心打开接受别人的检视，就不可能真实、客观地呈现你看到的事实。如果你不能破碎你自己的心，也不能改变别人的思想。”

那天晚上，只有大康小康和我，气氛亲密，宛若家人。康培问了一句：

“杨阿姨，你在‘文革’时期，也不好过吧？”

我笑眯眯地回答：“不好。”

康先生说，看不出来。就觉得你心很静，没有愁苦，也不怨天尤人。

我还是笑。

跟他们怎么讲？

又能讲什么？

他们哪里知道“文革”在中国人心里扎了多么深的刺。

好几次听康先生用四川话跟老妈妈请安，我会想起自己还在说家乡话的时候那些亲情纠葛。想多了，屏蔽的东西被扯开，拉伤，睡不好。但是，在陌生人面前倾诉的愿望越来越强烈。不管最后我们怎样告别，不管这本书最后怎样呈现，我就是想相信他们。

对这两位陌生人的理解力我存有莫名的信心。

你们挨过饿吗？

好像饥饿不是“文革”留在心头的伤痛。整个中国都不是。

挨过打？

我点头。

我的后背，曾被毛糙的木棒捶过，那个人臂力了得，毛刺插进肉里，插得很深。那是1966年……奇怪，这些事情早结痂不痛了。

还有想起来很疼的……？

再次点头。泪水腾地涌上眼眶，我觉得自己已经不能再忍。

是什么呢？

“全家人谁也不知道谁在哪儿。爸爸、妈妈、两个姐姐……有一天，我收到一封信，是外公从四川寄来的。”

多年前，外公给我写过很多信。我是他膝下最疼爱的一个外孙女。12岁时，我跑出“右派”分子家，要自食其力，被外公知道了，于是他写信给我。

他竟一直记得我的地址。

外公江子逸做过清朝四品官，民国建立后当了寓公只做学问。妻子殁后，他在北京娶了京师大学堂师范馆的校花周敦平。我妈妈是他们的大女儿。

这些是不会讲出来的。

我只是抽搐不已。

外公在信里说什么？

“他说，毛毛，我没有饭吃。”

眼泪转啊转啊，直到溢出眼眶滑落一脸。

我实在抑制不住了……

深深的苦痛被我压抑了几十年！

大康小康惊骇起来，不知道该怎么安慰我。

我接着说：“我一辈子都不能原谅自己。因为害怕，只读完头一行，就把信扔掉……”

为什么要害怕读那封信呢？

我自己不安全。

我怕罪加一等。

我不想在自己生死未卜之时，去救一个离我很远的老人。

记不得这些话我说没说出口。我就是痛恨自己曾经的怯弱！自私！残忍！

后来你们再没见过吗？

使劲摇头。

外公什么时候故去，他埋在哪里，我一概不知。我就记得他那一笔馆阁体的毛笔字："毛毛，我没有饭吃。"那时候他已经八十多岁。

康培执住我的手："杨阿姨，这里就是你美国的家。"

康先生站在我身后，手里捏着餐巾纸。

好久，我平息下来，又恢复了在他们看来心很静的笑容。

我开始讲一些与自己遭遇无关的事情。本来"文革"就是一场浩劫。只是每个人站在不同的地平线上，被洗劫的遭遇不一样。

你们知道吗？关于外公，我对不起他，却从没跟家人提起。就像我的爸爸，从关押的牛棚出来，铺盖结了厚如板块的血痂，至今我们也不晓得那是经历什么留下来的。

康先生倒杯水递给我，仿佛自言自语：

"比起你，我们太幸运了。"

这个晚上之后，我们再不碰"文革"两个字。

我发现，没有经过"文革"伤害的康氏大家族，看似枝蔓扬撒各亡各的，其实他们真的相互惦记充满温情。正如康培体会的："杨阿姨，你说他们爱不爱我！"

第十八天

11 月 13 日

这个表姐叫晶晶

在我卧室的写字台上，有两本康家自制画册。

一本是几年前，康家的澳洲孙媳朱莉给 90 岁祖母康徐葆君做的“老寿欢聚册”。

一本是 10 年前，应康培所愿，他的表姐晶晶做好并送到山上的“奠仪纪念册”。

翻阅祖父康代光、祖母康徐葆君同孩子们的往日合影，不禁让人想起颇有反响的经典出版物——《老照片》，于心中追忆家庭照片反映出的某些历史变迁。

1966 年至 1967 年间，中国大陆很多家庭遭遇红卫兵抄家。令人措手不及的野蛮袭击造成难以愈合的伤痛，其中之一便是散落了很多记录时代投影、子孙繁衍、亲属聚散的珍贵影像。本来联系紧密的亲情，随家族照片的不知所踪而变得苍凉和疏远。近些年，中国“乡愁”文化发酵，寻找、抢救老照片成为一种匡正文化价值的人性回归。台湾文史学者秦风，用 40 余张系列照片帮助烈士朱枫在大陆的女儿找到妈妈并接回遗骸的佳话，更让普通旧照的价值，由寻祖归宗升格为还原历史真相。

海外很多分枝扬蔓的大家族，虽不赋予老照片政治意义，却有幸保留了用家族照片传情达意的习惯。

自从和丽丽接上头，再翻阅康家的两本自制画册，有时会哑然失笑。

丽丽说：“康培不怕死，但很想活。”

康培说：“奶奶不想活，却很怕死。”

其中的生命况味，代际鸿沟，真是一言难尽！

也是丽丽告诉我，另外那本粘粘贴贴下了很大功夫的“奠仪纪念册”，是她和康培住在小路村的时候，由晶晶亲自送上山的。

到小路村探视康培的人非常有限：妈妈、哥哥，好友黄诺曼、陈纪平。特别让丽丽动情的，是已经出嫁了的康培表姐晶晶。

从照片上看，晶晶长得非常中国，虽不是美人坯子，然而目光单纯，笑容可掬，遗传了老一辈中国女性极其可贵的贤惠韵致。晶晶听说表弟想让“爱过自己的人趁他意识清醒把想说的说了”，于是便四处联络搜集，做了一本至少在我的阅历里不曾见过的非常特别的“奠仪纪念册”。

古道热肠的表姐晶晶一家人。

WE LOVE YOU PEI
"I feel blessed to have such great people in my life."
Pei, as you will see from all the wishes, thanks, and memories in this book, we are the ones who are lucky to know you.
We love
I LOVE AND ADMIRE PEI BECAUSE
THOUGHTFUL. PEI ALWAYS
CHECK IN, AND SEE HOW
A FEW MONTHS HAD PASSED,
TIMELESS WHEN WE SPOKE.
FOR HIS GENEROUSITY AND
COOKING FOR HIS FRIENDS.
WERE PLEASED WHEN
ME TO APPRECIATE THE
DISCOVERED THAT HE IS
FIERCE COMPETITOR
PEI HAS A DEEP LOVE
I WILL ALWAYS
Dearest Pei,
You are a little brother to me, yet there have been so many times I've felt like the young one. Like the time you introduced me to Dungeons & Dragons; or showed me how to use a PC so that I can write my college essays on your computer; or touched our hearts when you gave the most incredible, unforgettable, and moving toast at Roan's wedding; or when you were at our wedding and posed like the strong young man you've become (as opposed to Harold and me).
I am so proud of you, more today than ever. You keep inspiring me and many others with your courage, determination, and wit that you have displayed to battle for the normal health that we too often take for granted. We know that you will continue fighting and we are with you every step of the way.
Love always,
Vanessa & Harold
Pei, when's the next book coming out?
Dear Pei,
We often call each other little brother and big sister, but in reality
have taught me so much about so many things that you are more like
young teacher to me.
Thank you for showing me your passion for life, to remind me that health should not be taken for granted. Thanks for demonstrating an unusual calmness and poise in the face of crises; I am often encouraged by your strength and positive attitude to face my own hardship. Thank you for sharing your spiritual discoveries and personal wisdom. Most of all, thank you for always being a supportive friend and a ray of sunshine.
You will be in my prayers tonight.
Love, Tina
Pei the cross-dressing
Ok, ok, not really, but this is one of the most fun trips I took with you. We got good food; we played D&D at the ferry point, we climbed the ledge to the shore; we ate surprisingly good crab sandwiches at an A&W drive- in, we camped in the rain in my cousin's backyard and raided their chicken coop for fresh eggs; we ate wild raspberries at the park; we kayaked and saw whales; we ransacked the kitchen and cooked up a food storm; we toured the island to see driftwood beach and bald eagles; and we wore skirts.

Pei Pei,
I love you very much. We will always be family, even in future lives. You are so smart. It's a pity can't read English, or I would spend every day reading your novel. It's a pity I'm old, or I would visit you in New York. I think of you all the time.
Love,
Nai Nai
Do You Remember...
Pei, we remember fondly our trip to Yosemite. It was a long drive in Uncle Andy's big van, so we played cards and you entertained us with your duck quacking skills. We had so much fun! Of course, there were always Christmases at Dong and Kai's. We would wait for your family to arrive, open gifts, eat Da Gu's yummy food, and sit around watching/insulting some movie or other. One time we were laboring over a tangram puzzle and Greg remembers you commenting, "hey, we have two Harvard guys here and we still can't get it!" Here's to more fun memories ☺
Love,
Xiao Gu, Jing, Tzai, Summie, and Greg
e, optimism,
ur little Buddha
We treasure
him.
visits to Santa Monica as
4 Apr
you and to be part of your extended family.
in the brightly colored armor are kind of weird.)
I have to go to the bathroom.
Mom
Dad
Roan
Pei and trusty sidekick Sam-Sam
Annjoe & Cynthia
Dear Pei,
I am remembering with pleasure and admiration the epic novel you wrote about the Kingdom of Dalriada and the heroes Malazan Barth and his trusted friend Bentam, and Preatyan, the kingdom of elves, and the human kingdom of bedelands. It was very moving and the sorrow of Malazan at the loss of his family was touching.
But, I wish someone would write another novel about my real life hero, Pei. You deal with adversity with heroism and wisdom. You fought with courage against odds to gain normal health and for a long time it seemed like you would win. Now things are more difficult and all of us who love you are much grieved. Our hearts are filled with admiration as we see how you confront hard times.
How we wish there were no sickness in this world, at least for young people. We could deal with it better if it only came to people my age. We believe certainly the Scriptures that say God has a better place for His children where there are no tears and suffering. But how we wish it could be so now, on this Earth.
We pray God's continued grace to

晶晶从小跟康培一起长大，她懂得这个弟弟，许是希望表弟在天堂也能享受到生活的乐趣，不忘将康培做的棒球档案也粘贴在纪念册里。

因为介绍“奠仪纪念册”的由来，康先生拿给我他和康培翻阅过很多次的书——《相约星期二》。

“受莫里教授影响，培希望能做到‘我的意识还活着……我成了宇宙的一部分’。”

“我和培都相信人有来世，培更需要带着亲人的爱，走得才不孤独……”

在“奠仪纪念册”里，奶奶的留言和父母说的话，都让人感动。

奶奶说：“培培，我很爱你。一代一代我们还是一家人。可惜我不会看英文，要不然我会把你的小说看完。可惜我走不动了，要不然我会坐飞机看你。我每天想念你。”

父母说：“你是指引我们方向的小天使。我们感恩跟你在一起的时光……”

那些定格在纪念册里的可爱的脸庞和浓缩了生命信息的亲切留言，被搁在康培一伸手就够得着的地方。

晶晶大概没听说过，她留下来的这本册子，被丽丽做了“化解”康培仇恨人世情绪的教材。

也是因为这本纪念册，在10年后的2015年，康培骄傲地对我说：

“杨阿姨，你说他们爱我不爱我！”

当然。

我以为，如果亲情、友情是财富，康培当是个富翁。若按照所拥有这等财富的多寡排名，康培应和妈妈在金融界一样，似乎可以排在相当靠前的位置。

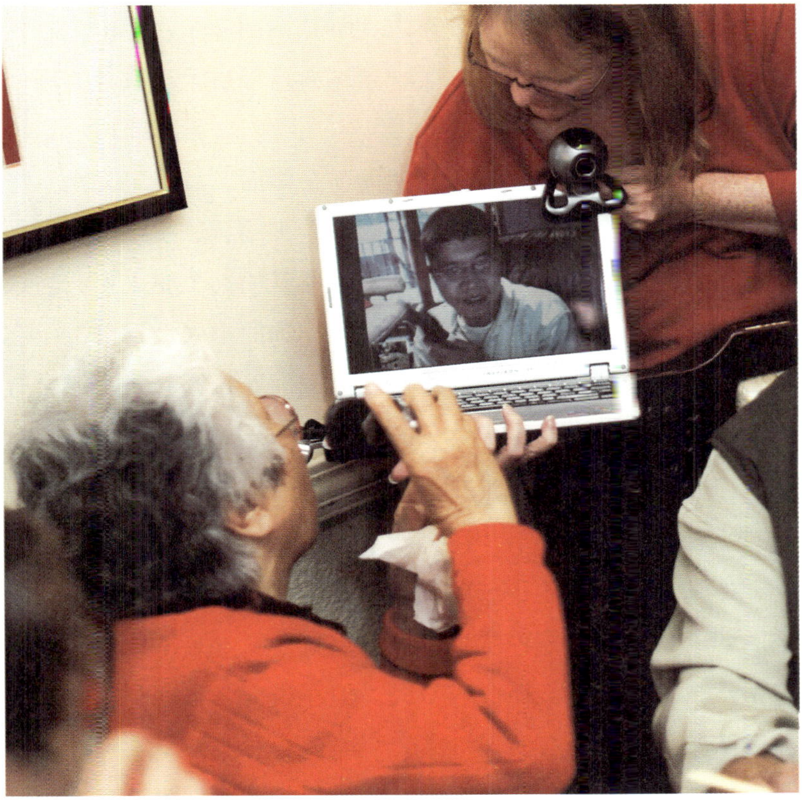

奶奶和培培相距 4000 多公里，但亲人们会打开视频，让祖孙俩面对面互道思念。

有一种文明叫养育“未来导盲犬”

在英雄、闪闪、菲菲、傻傻之外，康家还养过盲人犬。这让我兴奋极了。

大连是中国唯一拥有导盲犬训练基地的城市，但限于种种困难，基地现在举步维艰。听说康家养过导盲犬，我赶紧追问来龙去脉。

原来，这是纽约州监狱文明的一个侧面。

首先，让有意帮助盲人的家庭先办狗的认领手续；然后，具有资质的狗狗便被送到永远走不出监狱的某个犯人那。被选中照看狗的犯人，每周必须写信向领养狗的主人汇报情况：它吃饭香吗？脾气好不好？有没有暴力倾向？每半个月，还会有喜欢与狗相处的家庭，把这条狗接到家中。周末结束，与人有了多方交流的这条“未来导盲犬”，再被送回监狱，继续由犯人对它精心照顾。

本来康家只领养了一条狗，因为康容——微软公司对领养狗的职工又追加一笔养狗资金——也就多了一条。虽然后来优胜劣汰，有一条狗没做成导盲犬，但在康家名下，确实曾经领养过两条“未来导盲犬”。

邹陵说，要知道杨老师这么感兴趣，我会把犯人写的信给你留下来。

“非常细腻，非常生动，读那些信，你会觉得这个人心地高贵，充满善意……”

是啊，并不是每个罪犯都是恶贯满盈的天生坏人。一念之差，以暴制暴……罪犯的血管里也会流淌善良的血。但法律又怎能因心地高贵而改变对罪孽的制裁。

康先生说，如此诞生的导盲犬，任何一条都会福泽五方：

一、狗。

二、认养狗的家庭。

三、接狗回去亲热的家庭。

四、精心饲养狗的犯人。

五、得到导盲犬帮助的失明者。

现在，不知道纽约州是不是还这样为社会输送导盲犬，但这件事我一定要写出来。他们运行的每个环节，都充满了理性的温情，让人对社会的文明进步增加信心。

在我看来，其中最受益的，是必须每周写信给“未来导盲犬”认养家庭的那个犯人——与富有期待的狗狗朝夕相处，他与大千世界变得多么亲密友善！

借着世功放假，我开始实施自己的养狗经：减去三分之一食量，把烙饼做得更软，在少盐的基础上，让狗狗们吃得再清淡一些。

康培高兴坏了。

半个多月不间断地遛狗、疾走，我的腿脚长了力气，菲菲和傻傻，也一口气跟着走上六七千步而不耍赖。闪闪呢，会在允许它穿行厨房的时候，拱到我的腿边轻轻蹭一下。

这是对爱狗之人很大的奖赏了。

淘气的康培这才向我透露，他们早先是专喂狗吃狗粮的。丽丽来了，对大康小康说：“人都能吃的饭菜，为什么狗不能吃？”

于是乎，按照生活导师张静丽的指点，康氏父子停止对狗用滴洁涕，不再轻易用药……不知不觉，主人易为家人，狗狗升为子女。

从此以后，人狗一家。

美国有百分之十五的人吃素
五万人持枪

康家两顿饭，早晚都有聊天主题。

因为我主动下厨，康先生便打了下手。坦白地说，我能接受少肉少盐，但无法全然忽略味蕾。

只要有机会，我就会从商店柜台上抓柿子椒、紫茄子、芝麻酱。多放橄榄油炒的柿子椒，康培吃得香；用很多蒜末加麻油凉拌茄子，也会让康先生再添半碗饭。

康先生太节约了，趁他不备，我会把他切的橄榄菜尾根扒拉到有机堆肥垃圾袋里；也会适当切一点点尖椒末，撒在红烧豆腐或素炒卷心菜的碗里……利用信任加塞私念，我会做得不落痕迹。我干活的时候，大康小康会极尽东道主之能事，热络络地给我讲美国社会的林林总总，有些数据叫他们一讲，真的就记住了，听进去了。

“美国有百分之十五的人吃素，他们已经觉悟：肉类营养也许是很多疾病的元凶。”

我控诉起来：

“带头大哥‘美国佬’，把肯德基、牛扒、可乐传给中国孩子，让他们不去减肥营就活不下去。现在倒好，你们又爱上素食了！

“美国只有五万人持枪，却有几千万人反对，可强制限购枪支的法令就是签不下来。”

我讥讽奥巴马：

“我看他缺乏大国元首驾控局势的气魄和睿智，也有马英九式的道德洁癖……”

不管是臧否白宫，还是涉及联合国，抑或半西不东的家长里短，厨房里的话题都开放洒脱，毫无顾忌。很多时候，我忘记自己是在纽约州的地盘上，他们也忘记我来自中国。然而，思想与观念的相互浸润，文化与情感的彼此渗透，就那么融融洽洽不知不觉发生了。

回到中国，要“发动更多的人种树，饮食中主打蔬菜和水果”，已成了我在饭桌上时不时溜到嘴边的经文。但不晓得骊村文化，是不是也接收了一点点我的气息……

这些就是骊村待客的美味佳肴。

像先知先觉的先驱那样

忽然被窗外一只飞鸟吸引。

舒展开阔的翅膀，翩跹优美的姿势，是我熟悉的。

可是苍鹭？

还是被中国人称为长脖子老等的水生大鸟？

康先生说这些每天飞来飞去的大翅膀鸟，是美国蓝鸟，已经是与他们共同生活的天地伙伴了。

记得2011年，英国演艺界德高望重的舞台演员西蒙·拉塞尔·比尔，曾经在纽约公演过以这种吉祥鸟为主题的儿童剧。

此刻，朝着太阳光影飞翔的鸟儿，穿越光圈，叠印出奇异的画面，让人惊得嘴巴都合不上：它把太阳留在身后，好像驮着个火球……

“鸟儿背着太阳飞，东边飞到西边追……”一段高亢、凄美的旋律倏地在我脑中滑翔。

本已沉寂的华阴老腔，随着陈忠实小说《白鹿原》的大红大紫而被搬上话剧舞台，从此轰动世界。

这是近年在中国“被”时髦起来的华阴老腔。我只记得这两句。

住长时间久了，音乐带出来的情愫，让人关注回家的日程。我在美国最多只剩一周时间了，计划中要做的可不能落下。

明天，邹陵还要来，她不会爽约。

可偏偏她来电话致歉，说事情让她分不了身……

睡觉前，康先生特意把邹陵用英文发来的东西赶出部分中文稿给我，我才知道她做得有多么辛苦。

一个月前我尚在国内，康海山就用“伊妹儿”介绍了邹陵的“革命主题”——抗议美国的石油财团开发天然气，阻止他们建设通往纽约州的能源输送管道。她和联合行动使团不断呼吁美国政府，不要让那些只想着赚钱的大佬置生态环境和当地居民的身体健康而不顾……

因为结识了一个有国际视野的环保主义者，我稍微关注了一点儿和美国页岩石油开发相关的信息，也才知道，邹陵所触碰的，是个世界性问题。

中国经济界和理论界天天都在热议，美国对页岩石油的开发，改变了石油依赖进口的窘境，改变了全世界的能源生产和进出口格局，改变了欧美对中东、特别是美国对以色列的政策，改变了石油和天然气的价格，改变了金融大鳄的投资方向……面对这样的巨变，既得利益者怎么听得进环保主义者先知先觉的呐喊！

我不由敬佩起邹陵的胆识和勇敢。

她越是旗帜鲜明地和州长对话，没日没夜地制作科教电影、宣传册子，组织人们到现场去阐述先进的环保理念，我越是觉得，她的努力将旷日持久……

因为现实世界，即使那些备受污染摧残的居民，也未必肯以就业、赚钱的当务之需，去为天清水蓝的家园理想让步！

我住的城市，坐落在页岩层堆砌的丘陵上。一直以来，也是受页岩局限，不能建地铁。可因为有个国家“四万亿”机会，还是大张旗鼓做了前人不敢做的利益争取。现在，地铁开通了，花园城市变为国内的雾霾大户……

未必要将这两件事胶合成因果关系。但是，只顾自己不顾子孙的浮躁，确实让建设和发展具有赤裸裸的双重性。

我没有邹陵那样的激情，更做不到像她那样将自己的身体、寝食置之度外……在她身上，我既看到老上司的才干，也看到曾经由衷膜拜的革命先驱的身影。那些为理想牺牲的革命家，所做的事情都是庇荫后人而伟大。

读完康先生的翻译稿，我突然想起一个人——孙志刚，一个到广州求职的湖北籍大学生。因一纸“暂住证”，他让全中国的人都记住了他的名字。2008 年 8 月，民工最多的深圳市开始实施居住证制度。也就几年吧，写他报道的记者没人提起了，但用身亡而推动了收容制度改革的这个青年，却给中国亿万民工留下福泽！

怎么能让邹陵既做得开心又减少无谓的付出？

一个为写作而闯入的作家，一个纽约的匆匆过客，我不能自诩被采访家庭的“瞎参谋乱干事”。

可这时候丽丽来了“伊妹儿”，我便开始胡思乱想：说不定“揪着妈妈肚皮死死不放，坚决要到人世走一遭”的这个舟山姑娘，能成为邹陵的帮手。

都是心无旁骛，执着目标——她们太适合成为同志和战友了。

不禁又对自己哑然失笑：人在美国住在别墅，脑子里蹦出来的，竟全是红词儿！

巴黎，重蹈“9·11”覆辙

似睡非睡中，被手机铃声惊醒。

腾讯新闻报道：当地时间晚 9 点左右，法国巴黎市区至少六处公共场所发生枪击或爆炸事件，目前已有 153 人死亡。

“六起恐怖袭击同时发生，枪击、爆炸和处决人质，巴黎成了‘恐惧之城’。”

“一月份的查理周刊血案未了，10 个月后，巴黎又遭袭击。”

披衣下床打开电脑。

写点儿什么？

哦……又一个“9·11”。

只写了两句：“毕竟每一个今天都很珍贵，每一个明天都不可掌控。”

这一瞬间，全世界都看到了巴黎街头的这个场景。

第十九天

11月14日

“幸福的小两口”之一

张世功回来了。

大酒窝里盛着欢喜。虽然只分别几日，却有一副“久别重逢”的夸张。他把在纽约买的豆瓣酱、大蚬子、榨菜丝一一掏出来，明知我不会说什么，还是等着“邀功请赏”。

“蚬子不能隔夜吃，咱们提前过生日怎样？”

“彩排吗？”我用这句话回应他。

他最喜欢把自己当成生活在美国的文艺工作者了。

一阵嘻嘻哈哈，我们把蚬子放进水槽等它吐沙。主意是我出的，事情是他做的。如果不算这次写书，这辈子我和老张真正合作这是正儿八经第二次。

偶然听说康先生的生日就在这两天，我和张世功商量，11月15日给从不过生日的康海山做两碗面，一碗大连的蚬子面，一碗四川的担担面。

为朋友庆生，要么，用“贺卡+蛋糕”，把生日庆典做得貌似时尚实则流俗；要么，按照朋友的习惯，不给压力，让寿星老把真诚的祝福咀嚼入心。

世功提议，先大连后四川，一则受海鲜食材所限，另外，他和我两两相加，必须突出大连人的合谋之意。

蚬子面在大连和咸鱼饼子一样，已经从寻常百姓的餐桌搬到了高档宴席上。

正忙着，康海山叫我们了：“有兴趣不？听说山上那个喇嘛庙今天有活动。”

天气出奇地冷。

那个佛教小寺庙在很高的山上。

习惯于只套一件外衣出行的张世功，下车时双臂抱紧连打了几个寒战。出发前，趁着增添衣服的当儿，我又飞速浏览了丽丽前两天发来的“伊妹儿”。因为心里总是琢磨着她的一些话，这次出行我的话就比平时少了许多。康先生还是那样的殷勤周到，不断跟我们介绍周边环境，还说寺庙是由一个经营不善的旅馆改建的……只见一群年轻人兴致勃勃走在前面，好像有个party等着他们似的。

“这么多白人，这么年轻？”

康先生告诉我，山前面有个公园，那才是这群白人心中的“圣地”。

这就对了。

早听说达赖喇嘛在纽约十分活跃。但对于以基督教立国的美利坚而言，起于西域流于中土，主要传播于华人社会的佛文化，俗家信徒岂能以白人青年为主？

然而，僧人也罢俗人也罢，该到哪儿去朝拜，世上的人总有各自的选择。

对于任何宗教我都存有敬畏，也都存有距离。宁可视自己冥顽懵懂，不敢在信众聚场乱吐狂语。走进寺庙，我一句也不多言。

这里是藏传佛教之法轮寺，建筑不大，各国人行走其间，几种语言交替，像个小联合国。反倒是正宗的英文，在这儿只做了配合梵语的导视说明。

改做的寺庙恐怕只能算是个小型建筑。围廊低低的，仅摆得下功能所需，核心正室倒是个高大正方的殿堂，清一色黄绸子，清一色黄蒲团，清一色的水果点心供在佛前。安安静静参观，让人不免生出几分诧异：听说上师刚做了“牛奶如何点灯”的释解，坐在蒲团上继续讨论的，反倒洋人多于华裔。

趁着对佛学颇有研究的康、张二位凑到信徒近前，我抓紧寻觅沈家桢居士的踪影。

曾听一位皈依佛教的海归朋友说，作为纽约最有影响力的寺庙创始人，沈居士身后只留了一句话：“积金积玉不如积书教子，宽天宽地不如宽厚待人。”

但转来转去，整座寺庙里没看到哪儿悬挂这句座右铭。啊，也许不是沈居士主持的佛堂；抑或就像佛在心中，最庄严的教诲反而要做得静水流深。

寺里备好丰富的午餐，饭香扑鼻，俗尘涌上，一眼望去，远离市区的寺庙和市井繁华没有丝毫违和感。

难怪，到这里修行的俗家居士，衣着光鲜。

终于参观完上州山上的寺庙——又完成康培节目单里的一个项目。我暗自感叹：康先生的待客之道，如同人间佛教，真是做得“静水流深”！

回去的路上，康先生问：

“抓住什么灵感了，杨老师一直在沉思？”

想了一会儿，我反问道：

“抛开中西合璧，还有哪种反差和对比，让你觉得身在其中却一点儿也不别扭？”

他有点儿丈二和尚摸不着头脑，镜片后露出一片狐疑。

大家很熟了，我便有意难为他一下：

“你们美国的普利策奖，给了一位用英语写作的年轻作家，他专写小人物之爱。这两天我一直在琢磨这位先生那句雅皮士风格的名言。”

“常住骊村以后，我真的不大看新的文学作品了，还请您……”

不能让他说出“赐教”二字，我赶紧回答：

“这个人说，传统和现代其实是一对幸福的小两口。”

哈哈，康海山和张世功都觉得这个作家说得很有意思。

整整一天，我陷在这个英格力士的比喻里。

“传统和现代其实是一对幸福的小两口。”

英国作家西蒙·范·布伊在北京胡同里住了很久以后，轻轻松松概括出这样一句非常接地气的俏皮话。

“幸福的小两口”之二

丽丽的“伊妹儿”内容之率性超出预期。不管提什么问题，她都写得出日期、场景，写得出一个女人所向往的义薄云天，和在社会、信誉、输赢的现实面前，如何演绎得精彩，如何陨落得狼狈。

好像她正怀孕，且已定下剖腹产的日子。她和康家人一起谋划着菩萨赐的女儿未来的生活。

可她给我讲的爱情故事，又似乎并不包括孩子的爸爸。

当我试图走近这个对我报以信任的姑娘，关心她已经放弃或又要重新拾起的生活究竟要走向哪里，不得不翻检自己对现代女性究竟了解多少。

……

她说他俩（来函所谈爱情故事的男主角）是偶然相遇，开始以为是老乡，后来彻夜聊天，觉得很多事情“一拍即合，不可思议”：

她说这个男人“回舟山是因为他最爱的母亲忌日和生日，正是我来美国的日子7月6日。他的生日和我儿子的生日、奶奶的忌日及我的结婚日都是同一天”。

一块信赖命运的人，聊着聊着，“巧合”的作用就被膨化了。

他们发现，一个在中国一个在美国，而美国的电池市场真是大得很，如果两人联手，不啻是天作之合。于是：

“我每天提前上班，第一个在公司门口等他来开门。……我开始学习关于电池的生意，学习销售。中午都是他带我去吃好吃的，晚上下班就一起去健身房。……我们彼此影响着对方、欣赏着对方！那是我第一次，也是我唯一一次真正爱上一个人。”

之前丽丽结过婚，是不计爱情得失仅仅为了换取美国身份。这些，我从康氏父子那儿早就知道了。然而，她遇到真爱以后，还是没有结果！

“康先生帮了我很多忙，他鼓励我大胆去爱。可康先生走的是中庸，他（那个恋爱中的男主角）却是刚硬、强势，我经常会被他骂。我夹在中间，非常辛苦！人家工厂转型要花五年，他只花一年，心理压力和金钱付出可想而知。所以我经常会被他骂哭，整整哭了两年。记得我实在忍无可忍，哭着在电话里抗议，我生下来又不是来给你骂的。

“又花了两年时间，我把这段感情完全放下。今生无悔！”

这封足有四五千字的“伊妹儿”，还写了好多商业内幕：谁为生意投了钱；谁送给她多少美元；她如何小心翼翼处理人际关系。由她在键盘上敲击出来的情节和人物，不管是转型期的中国商人坎坷求变的遭遇，还是她熟悉的美国商人因轻信而受挫，无不沁着汗渍和体味。读这封信，心情沉一下飘一下的，远不像浏览头几封“伊妹儿”，被解码般的好奇与快乐牵引着，越读越兴奋。但细细回想，对丽丽强烈的倾诉欲既生感动又觉不解。

为写《跟着康培混世界》我漂洋过海住进骊村，书写完了，我会从“沦陷”状态回到自己的生活中去。虽然我也偶尔破碎自己的心，接受别人的检视，但我好像没必要“检视”她离开骊村以后的恋爱史。显然丽丽把自己的一切，都划进了康培世界的范围。她愿意让我把她作为康培世界的重要人物，不仅出现在从前，还要出现在当下，以及以后……她，作为康先生和康太太的干女儿，当然觉得自己就是这个家里的人！

爱了不计后果，散了不过如此，在感情上拿得起放得下，不知道这是不是现代人的情爱规则。听丽丽讲她的恋爱以及得知她的目前状况，既觉得与她拉开了距离，又有一个旁观者无法表述的担忧：固然时代不同了，固然她是美利坚公民，生育权没得说；但孩子的未来，不能因为孩子没得选择就由着当妈的任性啊！

我欣赏这个帮助过康先生的舟山姑娘，也深刻理解她我行我素的勇敢。然而，康家对她喜欢女儿就“求一个”baby的决定，报以无条件接受——不管她生下的孩子是谁的血统，不管她是采用了哪种受孕途径，只要小生命来了，就得珍惜，就要呵护。平和开放和包容，确乎超越了我作为一个中国母亲对于生育的固有态度。

当然我绝不会问丽丽“现在为谁怀孕，将来和谁生活”；更不会同大康小康论及什么贞操、权益。

每当我谨慎地谈到丽丽，康培都热情洋溢地提及那个即将到来的小生命：“过去我对她的儿子不好，伤了她的心；现在她有女儿了，这是多好的补偿机会！”

坦白、磊落、干净。

合上便携式电脑，我躺在床上向窗外望去。

难道自己的婚姻观、生育观过时了？难道宽容和接纳，在现实世界高于传统衍进下的任何束缚？

一团从未见过的金色，从云的中央涟漪般扩散，不大一会儿，整个天际金灿灿的。那片持久不散的金光，美得炫目，美得失真，美得犹如烈火灼灼！

那是我在骊村从没见过的，也是印象里没有储存过的灿烂辽阔之壮美。

是啊，生活每天都在变化。

人的世界，显然比大自然变得更加微妙和复杂。

如果把现代和传统当成“幸福的小两口”，那么唯有让自己简单和混沌，才会活得洒脱和轻松。

沉默的我，当继续快活地沉默下去。

然而祝福新生，静观其变，不正是在康培世界混出来的长进吗？

康先生问，你透过窗户看见的“那一团金色”，是这样的吗？

“幸福的小两口”之三

芸豆蚬子面还是做多了。

大概是还没来得及跟张世功说要控制“食量”，他依然保持“慷慨热情，宁多不少”的风格。

而我，因配合他把祝福康先生的心意表达得酣畅痛快，也没太挑剔。既然一生可能只有这一次，那就求个气氛热烈。

康培吃得直打饱嗝。

康先生显然没觉得这漾着海腥味的面条有什么好，但也和儿子一样，热情地配合着。我不断强调蚬子面在大连，就是一碗“妈妈的爱”。

两年前在大连一处所谓城市贵族区，出席一个“四万”晚宴。一桌八人，人均消费5000元人民币。在京城混得有权有势的贵客，放着龙虾饺子不吃，自己跑到厨房跟大师傅装可怜：“做碗蚬子面吧师傅。早先春荒，俺妈赶海回来，顺手在院里秃噜两把芸豆，不一会儿，厨房就飘出鲜味……那年高考，我是装了一肚子蚬子面进的考场……”

有人顺势发挥：借阁下吉言，以后蚬子面就叫“状元面”！

每次聊这些荒诞事，我都不太好意思，因为有时候被邀约参与“腐败”，暗着反感却明着不言，就没资格在人前扮什么“纯洁少女”。倒不是吃人嘴短，而是以为吃喝开道的腐败之风，就像让人恐怖且无可奈何的雾霾。

“现在也没信心吗？”

康先生问。他不问张世功，问的是我这个中国公民。

“开始有了。至少我有一年多没吃过这样的宴。全世界都知道，反腐在大陆不是闹着玩的。”

康先生说：“我也听说了，很多人都怕习大大，说他来真格的。真是大气派！”

侨报记者张世功终于有了大显身手的机会，把他听到的海内外对中国现状的议论，加上自己的评论，还真说得令人信服。

“你说呢，杨导？”

“我希望听到外部世界的反应。毕竟身在其中，难以看清‘庐山真面目’。但我们常常觉得中国人了解美国似乎比美国人知道中国要多。”

我这位老朋友，一个来自大陆的中国同胞，不仅是会做蚬子面的大连老乡，还是“正当年”的热血青年，一个劲儿地点头附和。

康培说：“奥巴马也赞成习近平反腐。”

我突然咯咯咯地笑起来。

围桌而坐的四个人里，一位是美国共和党党员，一位是中国共产党党员，我和康培虽不是党派人士却没觉得政治离自己遥远。大家直呼国家领袖大名，随意指点江山。要是退回20年前，一群吃生日面的两国两党两岸人，怎能这么融洽随意？

此刻，“幸福的小两口”隐身在意识形态和生活方式里，已经分不出传统与现代的边界。然而，历史巨变并不简单和混沌……唯其有大人物的复杂与清晰，才能有寻常人的难得糊涂吧？

狗狗们四处溜达，闪闪一回头，碰到菲菲的饭钵，那里还有它留给傻傻的面条。

战争马上要打响了。

可不知怎的，菲菲呜呜几声打个转就趴到康培的沙发上。

关键时刻，还是菲菲识大体顾大局啊！

瞧，和平的日子依然温馨。

待闪闪被搀回房，人们的话题也随之变化。

欢迎张世功“放假”归来的潜台词，被康培表达得非常艺术——他问起一些歌曲，因为大家都喜欢二战题材电影。当然大康小康基本没看过中国大陆的抗战题材电影，但二战题材的电影主题歌和插曲，有不少在全世界流行。

不管是出于礼貌还是善意，我提到黄自作曲的《旗正飘飘》——林青霞主演的电影《八百壮士》主题歌。

康先生回应：“我小时候唱过《松花江上》——我的家在东北松花江上……九一八……，九一八……”

他的声音真是好听！

张世功哼起南斯拉夫电影插曲《啊，朋友再见！》。

受过训练的人，唱起歌来，气息和表情都挺专业的。

男子汉里，只剩下康培还没开口。我记得听他吹过口哨，就问他：“你会不会《波基上校进行曲》？”

那是一部特别有味道的英美合拍片《桂河大桥》，影片上映后，其中用得很妙的《波基上校进行曲》风靡全球。一位爱拽的小朋友在我推荐下看完片子后，还发来短评：战争的荒谬本质，为英军上校那令人费解的畸形荣誉感，和美国大兵突然迸发的个人英雄主义，画上了一个合理的终止符……

康培一时没弄清楚我指的是什么歌，正纳闷呢，康先生让我哼唱开头几句。不待头一段唱完，康培就响亮地吹出口哨，声音里，没有一丁点儿气息不够、胸腔吃力的感觉，把我和张世功听傻了——多好的音准！

但是康海山不像我们，有了好音乐就忘乎所以。

他是病人的父亲，一个永远不下班的看护。但他绝不会呵斥谁，而是加入进来，用更清脆的口哨声和更有乐感的旋律告诉康培，下半部分将由他来完成。

我真的特别喜欢二战时期中美苏以及欧洲很多优秀的电影音乐。每当沉浸其中，都会看到爱与美好。不管在哪里发生战争，只要以人性中最美的一面应对恐惧，相互支持的力量就会超越血缘、国籍和文化……

于是乎，一首世界名曲，在骊村的夜晚，把我们的情感交织在完全的融洽之中。

电影《桂河大桥》让英国作曲家奥尔福德的《波基上校进行曲》风靡世界。其实乐曲作于1914年，跟二战没有一点儿关系。但喜欢这部电影的观众，愿意让它属于那场伟大的反法西斯战争，希望不惧恐怖的幽默和风趣，能够经常出现在普通人的生活中。

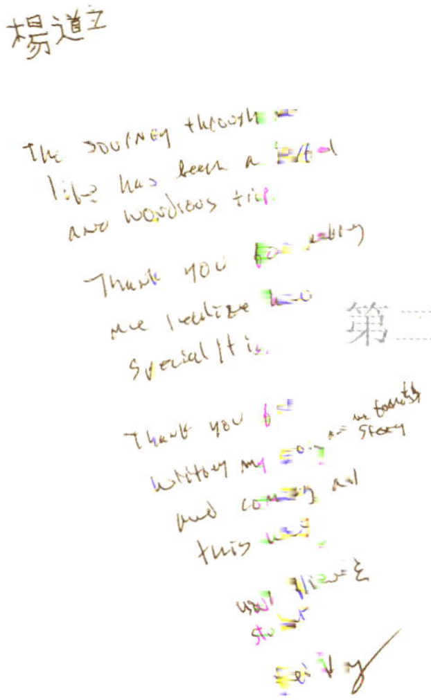

第二十天

11月15日

作家康培出过九本书

康先生的“五部分37章”，比较早地提到康培生命中的“第一本书”。直到我的归期逼近，康培才将《火与风的传奇》郑重签名送我。

那是我遛狗回来，走进厨房，他捧来一本浅紫色的精装书，颇有仪式感地翻开扉页，捎带一点点羞涩，让我看他写的一段话。

我的人生旅程充满欢乐和奇妙的事。感谢你让我感受到这个特别的经验。

谢谢你不远万里来写我及我们家庭的故事。

你的朋友及学生

康培

我一直在等待这个时刻。

可我和他奶奶一样，无法阅读英文原著，于是，他同时送

了一页中文的故事梗概，这也是康海山翻译的。

做儿子事业的秘书和助理，康先生做得兢兢业业——我毫不怀疑康培所有书籍的出版由他一手操持。

用“充满欢乐和奇妙”概括人生旅程，而非念念不忘身体残障带来的人生遗憾，康培的独白很令人赞赏。

就像我拿到在恩典学校校报上发的文章，首先会被他描摹的形象和空间吸引。翻开《火与风的传奇》，那张铅笔画，颇像中国版图上的“公鸡头颈”并延伸下去构成一个独立空间，山脉、森林、长城、黄河……我没有追问是不是让故事发生在中国。虽然康培并不讳言自己五六岁的时候就受魔神格拉斯启发，但流着华夏血液的作家，如果将想象中的世界置于父母出生的土地，置于《山海经》《西游记》诞生的地方，倒也符合逻辑。

一个叫费士麟的男孩，出生即身体异于常人，没有任何医生、科学家可以治好他的病……要实现做个正常人的梦，就必须让自己努力成为创造奇迹的魔法师。

费士麟不知道自己身体里原本就藏有超常之力，这种力量也让他时刻处于敌意的危险之中……在一次受富家子弟查西坦欺负时，他不自觉地突然发力了……

不久，美丽神秘的纳丁公主出现……从此，发生了一连串的不幸。

为救出部下，费士麟释放出摧毁一切的力量。他的超能力吓坏了当地的居民。虽然在哥哥独山和太子嘉蔚的帮助下他躲过一次放逐，但就在和魔法大学校长见面的时刻，费士麟预见到世界末日即将来临。

让人们没想到的是，这个可怕的预见竟一语成谶！

（请注意，康培让故事中的大楼突然轰塌，场景好似"9·11"预告版。所以我跟他开玩笑，你给自己埋了灾难的伏笔。）

……

为拯救费士麟和他的家人，纳丁公主被邪恶的末日魔法击倒……

含着愤怒的泪水，费士麟终止了"火与风的末日"阴谋，也开始了拯救爱人的魔法之旅……

这个故事明显带有自传色彩。

除了纳丁公主，我几乎找得到书中每个角色的原型。

可以想象《火与风的传奇》销路不会比梭罗刚出第一本书

好多少（请原谅我总拿未成名的康培和伟大的梭罗做比较）。但拥有了正式出版物，培培的写作兴趣，便转而为一生的抱负、男人的职业。

其后，康培的作品便一本一本地在骊村写出来了。不妨开一份目录：

1.《火与风的传奇（一）：心火丛生》

Legacy of Fire and Wind I:Fires Within，2006

2.《土与木的传奇（一）：兄弟迅雷》

Legacy of Earth and Wood I:Brothers Sundered，2007

3.《土与木的传奇（二）：龙腾的预言》

Legacy of Earth and Wood II:Riseof Dragon Prophet，2008

4.《金与水的传奇：荣誉的坠落》

Legacy of Metal and Water:The Honor Falling，2009

5.《元素的传奇：上升和黑暗》

Legacy of Element:Rise and Darkness，2010

6.《破碎的玻璃（一）：众神宝座》

Shattered Glass I:Throne of Gods，2011

7.《新奇书（一）：高冠光影》

Novalte Book I:Shadows of Veiled Light，2012

8.《 破碎的玻璃（二）：众生宝座》

Shattered Glass II:Throne of Mortals，2013

9.《潜入黑暗的内心》

Into the Heart of Darkness，2014

邹陵在别墅有独立的房间，征得她同意，我拍了康培著述的照片。没读过那些书，无法就作品本身多说什么，但对于康

有这些作品垫底，作家康培偶尔发点儿小脾气，我是能够理解的。

培，对于这个每天要和死亡打交道的家庭，将一摞厚厚的印刷品捧在手中，一瞬间的感觉真是美妙。我注意到邹陵对我的配合，她很在乎我重视她儿子写的书。

康海山曾经不断跟小儿子说，你的妈妈和哥哥都是主流社会的成功人士，可一旦退休，代替的人便会淹没他们的声誉。可作家、艺术家不一样，即使很早死掉，留在世上的作品也会因精神不朽而延续生命。

除了吃饭喂狗，或者天气好到院子里转转，呼吸正常的时候，康培一直坐在电脑前。

他平等地忍受着任何作家都会有的灵感即逝、语言枯竭的煎熬，平等地享受着每部作品终于诞生、墨香扑鼻的幸福。从这个意义上说，做“能和正常人一样”的梦，康培已经实现。

如果《跟着康培混世界》这本书真的让人们读到“不管培培什么时候离开……他的生命都灿烂过”，我也会对自己“不远万里来写书”充满感激。

这确是一场超越常态的深入生活！

康培的达观和快乐让我不禁感叹：同为码字劳动，为什么相处下来，我流了很多眼泪还生过一场闷气，他这个应该被“同情的人”，却笑声朗朗，喜怒自在？

究竟是我太多愁善感，还是他如同父亲康海山——善感而不多愁？

橡树林·青石矿·山妖池

随着归期进入倒计时，我的待遇也升格为“VIP”。

大康小康不见得这样合计过，但康先生严格执行他的“给培每天腾出六小时独立空间”，又让张世功接手了一些京斯敦的常规事务；他自己，则集中精力将开车、导游、提供资讯等“为一个撰稿人的服务”，做得无法不令人感动到不好意思表扬他。

纽约上州的青石矿，一定经历过中国山西小煤窑那样的兴衰骤变，只是不晓得那些老矿留没留下污染空气破坏水源的孽债。前些日子康先生带我去过艺术家哈维·菲特利用废矿建成的“40年未完成”博物馆，今天去的，则是被阔佬改为私家狩猎场的另一个废矿。这里有很大一片橡树林，还有和模亨克山堡不同形状的青石景观。

最值得一看的，是康海山印象极为深刻的一池静水。

特斯拉电车在森林深处的垃圾桶旁停下——我不得不夸夸这看似无人实则有心的垃圾回收设施。

不知道谁来打理森林中的清洁。但肯定有那么一个人，会在这些寂寞的地方做正确的事情。

斜阳投影橡树林。

在林子里走了好久，听得到前后左右的人声犬吠，就是不见地上有一片、一张、一团、一根、一束，属于非自然生就的丢弃物！

很多年前，在《电影艺术》杂志上读过瑞典电影艺术家英格玛·伯格曼和英格丽·褒曼合作的《秋日奏鸣曲》，因为没看过这部电影，故事讲不清楚；只记得这是伯格曼第一次也是最后一次执导褒曼的演出，更是英格丽·褒曼的最后一部作品。评论文章反复提及，说导演用深秋的树林和“发出踩踏声”的落叶，隐喻亲情的不可切割和相互深深爱着却交流受阻的痛感。

许是深夜看DVD沉睡入梦，将想象中褒曼演的《秋日奏鸣曲》和费雯丽的《乱世佳人》两部片子做了乱码编程，竟把瑞典导演伯格曼在森林里定机位的长镜头，与在秋日里泛着枯黄的美国南方橡树林叠成一幅画面。当我站在纽约上州的橡树林，发

矿主走了，青石留着。

现眼前的林子，简直就是梦里多次出现过的“秋日奏鸣曲”，嘎吱嘎吱的声音甩在身后，好像自己一步一步走到电影场景中去了。

真是妙不可言！

青石的形状出乎意外。

圆鼓鼓的，梯次凸显，没有惊险只有惊诧。看来看去，绕了好多迷糊圈，幸亏对面山上有奔跑的狗在叫，引导我们寻太阳辨方向，不一会儿就确认不是我们被妖魔附体，而是青石“梯田”全长成一个模样迷惑了人的眼睛。

“要是丽丽带路就好了。”

康海山认定这个干女儿智能超凡，一遇到麻烦就会想起她。

“丽丽带培培来过吗？”

“这么远，培培头几年也爬不了山，现在当然更不可能……”

哦。

康先生想了想又补充：

“丽丽和邹陵的堂妹，她们是不会到这些地方来的。每次替她们开车，都是送到打折的商店……”

当夕阳的余晖把人影放大，我已经无法连续拍摄视频和照片了。而那个“私家狩猎场”最值得一看的一池静水，还是不见踪影。

康海山很为自己的记忆懊恼，一个劲儿地自责。

他太把我这个“VIP”当回事了，大约怕晚上回去我会对康培抱怨“你老爸已经出现早老症”了吧。

其实，它就在刚才几次忽略过的山坳处。

这才是踏破铁鞋无觅处，得来全不费工夫。

啊，非常静谧，非常幽深。

水面漂着树叶，深深浅浅，似镜面雕刻了花纹。

我们都不敢大声说话，好像会惊着哪个神秘的灵魂。

暖暖的太阳，照得人好舒服。

一湾水，深不见底。

“山妖池”，名字的版权归我，但供读者所用。也希望就此将它传达给所有喜欢独自旅行的人。

这是徐悲鸿的油画《山鬼》。

尽管池子不大，但若从中钻出水妖和仙女，再从山后飘来德沃夏克的《水仙女》咏叹调，绝不奇怪。

坐在那儿，我们开讲。

我扯起黄永玉的山鬼，说美女骑在老虎身上就是此刻的意境。

康先生说，他看过徐悲鸿画的油画《山鬼》：

“戴着野花头冠，很纯洁的样子。”

可是山鬼的昵称，属于中国长江以南，这儿呢，按欧美的风俗似乎称为“山妖”来得更顺口些。

那好吧！“VIP”一锤定音：

“待丽丽她们再让你开车出来，你就说发现了一个住着仙女、有歌声飘荡的山妖池。她们一定会哭着喊着往这儿跑的。”

“杨老师拜托您，能把您的所见所闻都写进书里吗？我想让丽丽和培，既在书里看到自己，又能够提升她们对生活对自然的认识。”

真是一个24小时在岗的老爸啊！

生命里出现过的贵人之“金戈勒与潘默拉”

今天才是寿星老康海山真正的寿辰。

我们只给他做了一小碗担担面。

作料文齐武不齐的，但蒜末、葱花、榨菜、酱油、醋、麻油、芝麻酱、辣椒油，还是按规矩占了三分之一碗。最有代表性的芽菜，纽约买不到，提味的肉末也没放。即使这样，借着香气扑鼻，我还是狠狠夸奖了热心肠的张世功。

刺激性太大的东西不能给康培吃，就随他所愿用筷子蘸点儿王致和腐乳涂在米饭上，权且算是追随老爸一解“乡愁”。

舌尖上的记忆，唤起康先生的反应，但他激动的时候不说话，只是礼貌地告诉我们他馋了。

习惯用“心静如水”穿越悲喜的人我见过，像他这样有极好口才却不善于表达情感的人，还是让人觉得稀有。观察他20天，他并不是严谨到一点儿也没有闪失，而是分分钟顾及亲友感受，分分钟放低自我。

他习惯了让自己的需求锐减到麻木。

晚餐桌上，我们唱了生日歌。

必须让他知道，因环绕着他而有了大家的快乐。

康培从不赞美老爸，可他端着诺丽跟我们碰杯，主动讲起老爸陪他去拜见的两位老师——金戈勒与潘默拉。这两人，被他列在生命中最重要的九个男人和九个女人之中。

康培的心脑不同步（请不要挑剔我乱造术语）一直是家人的心病。语言表达不好，造成他长期的愤怒和腼腆。

为减轻儿子的疼痛，康海山曾经去台湾向吴若石神父学习过足底按摩。这次，他带康培去了达拉斯。

据说被称为世界一级激励大师的金戈勒，解决起人的“语言”痼疾，有种神奇的力量。

激励大师金戈勒在课堂上。

仅仅三天，康培脑洞大开。

老爸想不到，他会主动跑到台上跟大师交流，那种倾诉的真诚，让金戈勒开心不已。分手的时候金戈勒告诉康培，“有一天你会成为我最成功的学生。”

“从那以后，康培非常注意与人沟通的条理性，口语表达进步神速。”

所以我常常觉得康培有语言天分。

20天里天天进步，他的汉语诉说力，有时候比老爸出彩。

比金戈勒更能够影响康培的是一位叫潘默拉的美女。她在梵文山开设了“潘默拉山尚课”，其实就是非正式地集中一群求索真理的人，让他们各自诉说生活的真相，一点儿也不深奥。

“山尚像个痛苦、混乱、猜忌、仇恨的祭祀坑，可以回收人们心里不需要的事情……”

在康海山看来，潘默拉做事太熬心血，帮助别人后自己的能量补充是个问题。

“但康培在那儿却收获了清醒……”

介绍康培去见潘默拉的，是哥哥的同学黄若曼，他也是我离开纽约前最后一天才见到的一位虔诚的佛教徒。

那天往梵文山去，很多人和康培坐在同一辆车上。

康培说：

“第一次要去见老师，我帮诺曼看路，恍然间，看见老师坐在中央，我与她互相对视，她很严肃，但眼睛明亮，里面有很多的爱。怎么回事？围绕她的助手的脸都变成曾经欺负过我的高中同学的脸，一张一张，我还叫得出那些人的名字……

“潘默拉对我说，康培，曾经欺负过你的人身上背了孽债，并不幸福。你放下忌恨，放下愤怒，是让他们获得解放。你善良大度，按照自己的理想去做，坚持下去，不要轻易放弃，你会有很好的人生……”

潘默拉与狗。

见过老师的第二天，正在小姑家准备早餐，这种情景又出现了：

“我在幻象里看见黄诺曼——因为家族生意回归城市生活的他，已经安排好家里的事情到寺庙当了和尚。他的样子非常非常清晰，清晰到我能看见他剃度后的头顶。他一个人在山上走，附近是一片竹林……风吹来，掀起衣裳……飘逸洒脱，自由自在……

“后来，我又看见自己，是已经活到50多岁的结了婚的自己……妻子和孩子就站在身后，好高兴的样子……”

这些幻象被康培严严实实地存在脑海，从未对人说起。就连爸爸也没告诉过。

见到潘默拉后，康培认真配合，努力把影响自己开心的一件件坏事情，扔进那个虚拟的“祭祀坑”。

从此，他觉得潘默拉是人生中必须时刻感谢的一个贵人。

不对人说幻象故事，也许是怕惊碎了暗示自己开心的美梦。也许是要等着，看人生戏剧一天天地如何演绎如何呈现。

康培从山尚回来后的变化确实很大：可以对视人的眼睛，可以同别人坐下来聊天……正面的思考有了明显的开端。

但怎么能对自己的生命一目了然？

康海山说：

“杨老师，您听到的好多故事都是培从没讲给我听的。”

这不奇怪，人性里本来就有向陌生人倾吐秘密的冲动。而你和儿子，虽有连体婴儿般的生态，却也像连体婴儿似的，各用自己的大脑和心脏。

至于金戈勒与潘默拉，我对他们的学说不敢置评。

按中国的说法，离不开道和术、形而上和形而下的范围。

在世界很多地方，心理疏导、素质教育都有很大的需求，一直在办这个班那个班。中国最有名的成功人士马云，也是定期到名山大川拜访高僧大德，寻求心理解脱的。

可喜的是，康培有观念开放的父亲，有引导他走出苦恼的朋友，而难以行动的他又有领悟全息、自我暗示的超能力。

心诚则灵，在康培这真的很灵！

按大陆思维，这次谈话是小康对大康的“评功摆好”。但身在朴素兰骊村，我愿意将其视为康培送给他老爸的一束生日鲜花。

第二十一天

11月16日

马丁·路德·金说：只有爱可以驱赶仇恨

阳光和煦，我们在邮局门前坐下来喝一杯。

这里不是 Ulster Avenue 那样的镇子，可以在书店的星巴克喝高品质咖啡。属于甜甜圈水准的乡村饮品，倒与静僻的环境相融。尤其是看到邮局为巴黎血案降了半旗，比见到有人在路边伸大拇指搭便车——保持美国人的人情味传统，还觉得和谐。

我干脆拉出要好好坐一阵子的架势。

傻傻和菲菲总陪康先生到邮局来，也很懂事地绕到停车位的一旁晒太阳。

康先生头天晚上发了“伊妹儿”给我，他和同学因巴黎血案群情义愤，但如何面对却分成两派。力主用和平手段解决问题

没有和邮局的人讲过话。仅仅因为这个降半旗的举动，让我在心里拉近了与他们的距离。

的康海山引用马丁·路德·金的话："黑暗不能驱赶光明，只有光可以驱赶黑暗。仇恨不能驱赶黑暗，只有爱可以驱赶仇恨。"

这段话曾被我放在几年前的讲座里，和大学生讨论恐怖主义对人类的影响。我还记得一个像动画片主角的小女生站起来提问：

"老师，你们怎么一讲反暴力就引用前人金句，难道21世纪没有伟人高见让您觉得更适宜表达观点？"

马丁·路德·金，著名的美国民权运动领袖，1964年诺贝尔和平奖获得者

我足足想了有一分钟，老老实实回答她我真的找不到比“光”与“爱”更好的比喻。

这个出窘镜头一直存在我的脑海里。昨天若不是觉得晚了，我大概会跟康海山打趣，你引经据典跟一群“望七”老顽童兜售和平，不觉得学生气好重？

然而，就是傻啦吧唧的学生气，助力这位仁兄掠过凡俗愁云沉浸于“生命的丰盛”。

不知怎么起承转合的，我们由主题聊天变奏到丽丽身上。

我说：

“丽丽这丫头，还读《了凡四训》《方与圆》。”

“在骊村她也喜欢读书。杨老师，我这几天和培聊，也许你写的书受益最大的是丽丽。她应当有一份发挥才干的工作，不仅是经商。她领悟力好，表达也清楚，想到的能立即做到，而且总是做得让人信服，让人快乐……”

“如果她能接受，我可以介绍丽丽到北京一个专门做家政培训的学校去当老师。中国的富人偷着雇菲佣，状况不会持久。北京有个大经济学家，开了所公益性质的家政学校，既是为小保姆找出路，又为庞大的中产需求解决了燃眉之急。她到那儿去非常合适。”

康海山立即应道：“那可真的帮到她了！”

听得出，愿将全部经商本事教给丽丽的康海山，深谙丽丽现状，一直在考虑如何帮她冲破单薄的经济独立而找到更好的平台。在后面的聊天中，我愈发感觉到父爱厚重的康先生一直在为丽丽的出路做打算。

这让我在心里有了个挺得意的比喻：

假如康海山希望《跟着康培混世界》是首奏鸣曲，那么，奏鸣曲的主部主题是“不管培什么时候离开这个世界，他的生命都灿烂过”；副部主题则是“不管丽丽能走到哪一步，她是个好女孩，应当有好生活”。

牵着狗狗往回走，我陷入沉默。

其实我很惊异这个舟山女子的记忆力，她能把哪年哪月康培捐钱给遭遇水灾的同学，哪一天哪一刻康培辅导了哪个求助的孩子讲得清清楚楚；在她坚持回国很可能遭遇失败之际，康先生用哪个典故对她传授了哪样的人生道理，让她不妨按自己的心愿勇敢地试试，她都讲得让你没法不信。

我猜测她手里或许真有本厚厚的日记。

丽丽的倾诉欲还让我知道了康先生曾经被韩国人骗走巨款。她一面为之“捶胸顿足”，一面感慨康海山“已经修炼成仙”：“他没有一句抱怨、悔恨，说人都是在错误中学习成长的。”

有些话我可以用玩笑的语气对康先生说：

“我觉得丽丽不仅属于你们康家生命圈中的一个好女孩，简直就是你们家战争与和平的红十字会……”

不是吗？在雇工和亲友的角色里，浓妆淡抹，切换自如；主动在康培和邹陵、康海山和邹陵、亲戚和朋友间做黏合剂、灭火器。

温宛而不傲娇，丽丽确是一个年纪不大，却母态雍容的女子。

傻囡停下了。

我发现街角这座通体白色的房屋前有个金佛。

康先生说，进去看看？

看什么？

这是个乐器制作高手的工作室，它的拥有者戴维先生只承接音乐界names家定制。

至少路过道边这座房子四五十次，从没想过那里是个制作乐器的工作室。可见“关在里面的，总是有需要打开的问号”。

听了康先生的介绍，戴维将我们带进他的作坊，还特意打亮正在烘烤乐器毛坯的屋子，让我随意拍照。

计划外的一次造访，让人想起20世纪60年代那个摇滚青年的盛大集会。伍德斯托克音乐节在历史的天空拖了个长长的漂亮的尾巴，不但留下站在街边讨生活的老嬉皮士，愉快地诠释它的反战精神，还招来了关在屋里做吉他的年轻匠人，用精湛技艺静静地烘托和平气氛。

恍然间，满屋木头味道被我嗅成了和平的芬芳。

我在心里画着一连串的叹号：活着，诚实地活着。真好！！！

寻梦当思廊桥

许是康先生告诉过康培我喜欢拍摄任何一座桥，康培在“节目单”里追加了“廊桥”节目。康海山没有读过那个编出来的麦迪逊桥浪漫故事，对那种故事也没多大兴趣。但康培和我，都记得电影《廊桥遗梦》。我们会一块儿跟他说：“女主角也是梅丽尔·斯特里普啊！”

于是，康海山就把功课做好了。中午敲门，他说：

身体行吗？去圆你们的罗曼蒂克梦吧！

我们的？

影迷的？还是桥迷的？

抑或在他看来是骊村第一主人培安排给“VIP”贵宾的。

反正把我高兴坏了。

特斯拉电动车拉着我们穿越了好几个镇子，最后停在一个叫Downsville Covered Bridge的地方。谁说距离就是美，整整跑了55英里，最后让我看到的这个小镇，冷寂、直白，一览无遗，毫无半点儿吸引力。

但是它在那儿——黑色的尖顶，一眼望不到头的廊道，确是一座美丽神秘的廊桥。

朴素，坚实，是我对纽约上州翻新各种功能设施的基本印象。这座桥造于1894年，之前，人们采用木头筏子摆渡。桥头宣传板上的黑白图片，让多年前的生活场景定格，一组数字简约地交代了生活在百年间的巨变。我记住的是：头一回造桥用了1700美元，百年后翻修，投资100万美元才有了它今天的模样。

桥的限定承重为一吨半，特斯拉很轻，在桥上碾一遭完全

翻建后默默存在的当思廊桥。也许，因为太多的人不去注意，反而让它少受摧残。

没问题，但康先生还是将车留在停车场。

走在一色橡木的桥板上，如同踏上钢筋水泥的现代桥梁，唯其镶拼无缝的木板连接处，让你想探究凹槽榫接、铆钉吻合。康先生说，这座桥比电影里的那一座长了许多，有174英尺呢！

真不愧是工程师出身，任何时候都用可丁可卯的数字说话。

我却联想起“桥上故事”。

年岁已高的影星伊斯特伍德是电影《廊桥遗梦》的导演兼主演。他饰演一个供职于国家地理杂志的摄影师，在溽热的夏天，在廊桥那儿，与斯特里普扮演的意大利籍农妇邂逅。编剧

让他们的中年恋情发生得极其自然，毫无缘由毫无功利的相爱令人神往。然而编导又让他们选择永远的分别来尊重社会道德，这也完美和升华了主题。所有人为的痕迹，因电影处理得细腻温煦而增加了煽情的力量，观众多为这个美丽凄婉的爱情故事啧啧惋惜，抛洒热泪。

整座桥，只见这些硕大的金属铆钉咬紧各方“关系”。正因为有这些先于木头腐朽的金属物存在，才使我这个不懂桥梁科学的人，深为中国祖先的聪明才智骄傲。

康海山走到桥墩一侧，又带我看了清澈见底、湍湍流淌的河水以及与这儿相关的农田，我的注意力便随同环保主义者进入现实。

“保护得太好了，太好了！”康先生看到家园附近又一处环保典型，欣喜无比。出于超预期的快乐，他向我表示感激：

“杨老师，如果不是您喜欢到这样的地方来，我可能一辈子都不知道Downsville Covered Bridge有座这么好看的廊桥。你知道吗？我在这儿路过很多次，从来没回头打量过，更不知道美国最美的廊桥就在这条河上！”

我请他用英语重复说了几次地名，很武断地说，咱们就将这座寂寞的桥译为“当思廊桥”吧。

他很赞同。说音译挺准，还能让你们这样的人想起罗曼蒂克故事。

真奇怪，在骊村，大康小康无数次邀请我每年到骊村来养生、写作，我都敷衍着，不相信自己会折返到一次“深入生活”的主人翁身边。但此刻，我在心里对自己说，不管是未来的虚构故事用到当思廊桥做外景，还是自己用脚投票选择重复的行走路线，一定要返回到桥上来。

当思廊桥，内敛着肉眼看不见、时间测不到的巨大张力。我愿它赐我创作灵感、人生滋味。

但是念头不能说。就像吹生日蜡烛，愿望只能放在许愿人心里。

康先生问，你们搞艺术的，是不是希望在平凡中得到些意外刺激？

不记得是不是回答了他。只是那一刻，在心里用中文复习“当思廊桥”的名字。因为这个名字和骊村一样，头一次登大雅之堂是在“康培的世界”里。

好棒的巧合——没被美国导演伊斯特伍德发现而错过世界瞩目的“当思廊桥”，却遗留成一个中国导演的梦。

我问康先生，假如培培真的能活到五十多岁，会不会有机会到这儿来，哪怕是坐在车里从桥上碾压一下。

他没做回答。

工程师同志，一般不做他感觉没有底数的遐想。

但我存了这个梦。

假如真的帮助康培延续了第九条命，我将在他踏进第“九年”（2021年）的门槛，率领一个班子来给他拍一部纪录片，名字就叫《康培的新世界》。

第一个镜头，就从“当思廊桥”开始。

美丽的陈丝如，可爱的黄诺曼

完整的人生离不开亲情友情爱情环绕。如果说，亲情是祖先留给我们的先天朋友，爱情是岁月赐予我们的人生悲喜，那么友情，才是我们凭心选择的后天亲人。

在康培给我的“九九九九”名目里，女性人物个个特别：视他为精神导师的德国女孩Heike Schlosser；一见如故、温柔美丽的中国女教授曹夕多；用缝百衲被般的细密替他做了“奠仪纪念册”的表姐晶晶……可我最想结识、却终不得晤面的，是丽丽讲的一个人。她在康培濒临绝望状况最惨的时候，独自来过小路村。

陈丝如，比哥哥康容晚一届的同学。从大一开始，就主动与康培交往并从未间断过对他的关心……

就要离开骊村了，更没机会遇到她，尽管丽丽说她每年都要到这儿来。利用最后几次聊天，我从康培的讲述里去想象她在康培世界里扮演的角色……

“她漂亮，能干，能像男孩那样做事，但又特别性感。”

“她太有本事、太完美了，也是你们说的那种职场女强人吧？可是她很有女人味，也很温柔啊！”

“有一年她告诉我，给你在特殊奥林匹克运动会找到个暑期工，你干不干？”

“她让我和她同居一室，像带亲弟弟，没有一个地方照顾不周。”

“杨阿姨，她的每个男朋友都要带来听我做评价。最后这一位比她小很多，但是我们都觉得好，怎么样，下个月他们就要结婚了！”

陈丝如带来男朋友让大康小康审查。

因为康培的选择（其实她是大儿子康容的同学），康海山和邹陵将陈丝如视为己出，按照中国传统收做干女儿。可在我看来，丝如和康培，更愿意做肝胆相照的朋友。他们不是因亲密而相知，是因相知而亲密。然而，在厨房那盏并不灿烂的灯光下，我听到康培对陈丝如的评价还是大吃一惊。

当时我告诉他，哥哥康容在视频对话里主动告诉我，父母百年后，他会非常负责任地照顾弟弟，他会把弟弟的生活安排得很好。

不！

康培又让我看到那种美国范儿的摇头。

大康、老张，还有我这个深入生活的闯入者，我们不明白康培为什么要断然拒绝他最信任的同胞哥哥。

“丝如会接我到身边去，她比任何人都……”

他找不到词汇了。

以往他经常要对爸爸喊：“那个green-eyed monster怎么说？那个Lixan and feslen raster怎么翻？”

此刻康培没有求助老爸，只是挠头、皱眉，希望自己找到一个准确的词让我清清爽爽读懂他要表达的意思。

看了一眼康先生，我主动接过话头：“你是不是觉得陈丝如最值得托付终身？”

康容陪同父母出席陈丝如的婚礼。

康培狠劲地点头。他听得懂“托付”的中文内涵。

这个话题没有继续下去，不是别的，是我故意提起黄诺曼。他被称为康培18岁以后替代哥哥而又比哥哥更能在精神上引领康培的一个“怪人”。

康海山和康培，包括丽丽，都相信灵魂存在，生命轮回。而对佛文化有深入研究的黄诺曼，是这方面话题一个绕不过去的人。

在丽丽的记忆里，他也是最早到小路村去看“僵尸”朋友，那个有白头发的长发男人。

受丽丽影响，我会下意识把2005年去不去小路村、什么时候去的小路村，用来测量对康培的爱。毕竟，那是走近死神走向绝望，是对自己没有半点儿好处的告别；也是带去祈祷传递热忱，用百分之一百二十的努力换回百分之零点一希望的奉献。

谈起黄诺曼，康培对他有几分同情。

“他有一个住在医院里的精神病哥哥。只要稍微可以出来走动，父母就买豪车什么的来补偿他，疼爱他……最后车子撞得粉碎，人却依旧要回到医院。

“美许曼很无奈。但他说那是父母的想法，我们不能代替老人做决定。

“他也用这些道理帮我调整和老妈的关系。他说父母是我们的镜子，不要以为他们的意见是在故意和子女作对……

“他告诉我，只有适当的妥协才可以实现最后的理想。所以他听从父母，放弃一些东西，去家族企业辛辛苦苦地做。

“他说自己不要结婚，不要让精神病遗传……可他也保不定会按照老爸老妈的催促，去做他不想做的。”

这些话康培说起来并不沉重。也许是存在的合理性已不必添加什么情绪零碎，抑或是朋友的痛苦被分摊消化后都看得轻淡。

这晚的聊天，依然是用快活的、充满笑声的一句话做的收尾。

张比方问，杨导，我看你既不记录也不录音，这么多事怎么存得下来？

是啊，怎么存得下来。

然而，“记不住的，恐怕也是装不进心里的吧？”

哈哈。

刚来那会儿我无数次想，有那么多值得笑出声的事吗？住了二十几天后得出结论，不是事情本身多么有趣，而是相互间的感应传递了身心健康的愉悦。这和森林里溪水嬉戏、乌鸦开会一样，就是生态平衡的现象而已。

对康培了解多了，反而不担心他会活得凄惨。

较比很多不念旧情不会交朋友的人，康培可是个爱情友情的大“情种”。

第二十二天

11月17日

把自己的角色演好

我一个人在厨房，想在最后的日子多做点儿家务。

康培比我起得早。听到楼梯上的脚步声他已经问过早安了，见了面又笑着说："昨晚休息得好吗，杨阿姨?"他绅士起来真是礼数周全。

我没告诉他熬夜很久，但拍了拍他的脸,他也习惯地接受了。

我们这样的人，睡意常被灵感牵引，康培和我有同感，无须多言。

曾经答应帮助一个翻译俄罗斯新电影歌曲的小朋友，在11月底前对他的歌词译作回复意见。我哪里能指点翻译？只不过凭直觉说些对歌词译配的“感受”罢了。我家先生特意将薛范先生译配的大作《世界电影经典歌曲500首》塞进行李箱，好让我作为“指点”后生的参照范本。可当我听了康先生通过

"伊妹儿"发来的美国歌曲，在被深深感动的同时，也发现自己犯了个错误。

偶然间，听到康海山的口哨声，那是一段遗留在记忆中的旋律，它让我想起消失了的一个兄弟。不禁脱口说道：

"你也喜欢这首歌？是电影《狼恋》插曲吧？我们合作过的一个朋友，他人已经不在了，他特别喜欢这首歌。当初我家先生费了很大劲才找到这首歌的CD，却无法送给他了……"

于是，细心而周到的康先生给我发来多种版本的他用口哨声吹出来的那首歌。

可那是印第安民歌《雪兰朵》。

他是对的。是我对音乐旋律的记忆有误。

夜里接到国内小朋友电话，我告诉他会在预定日期对他的歌词回复意见——11月30日，那时候我应该已经回国10天了。

遥远的电话，突然让我想到行李箱里有薛范先生的"500首"，也许那里边会有《狼恋》插曲。

果然，第138页，登载了《当孩子降生的时候》。

是的，朋友喜欢的应当是这首歌！

《雪兰朵》和《狼恋》插曲都非常深情非常好听，它们有近似的文化背景，却各有意境和诉求。

《雪兰朵》源自一条河流的名字，歌吟着游子离愁：

哦，雪兰朵，我多么想听到
你那遥远的湍流之声
哦，雪兰朵，我多么想听到
我注定要逃离……

康先生特意加注，说“中文是自己翻译的，参考一下吧”。

我真是好命，遇到这样体贴作家的采访对象。不过，也是他们对我太真诚不设防，让我不知不觉参与了这个家庭的情感纠葛，也不知不觉，让自己的情绪任性流露。

如果说《雪兰朵》是个误导出来的礼物，那么，《当孩子降生的时候》，却让我在《跟着康培混世界》的写作者角色里，走进了不曾企及的另一个维度……

一线希望在天际闪亮
一颗小星闪烁在远方
人们期待着出现新曙光
一个孩子降生到世界上……

熟悉的旋律，把我带到38年前——1977年春天。邹陵写

这是熊村附近一个社区公园。2015年深秋，我突然发现，原来这个总也看不见人的富人区，有那么多可爱的孩子！

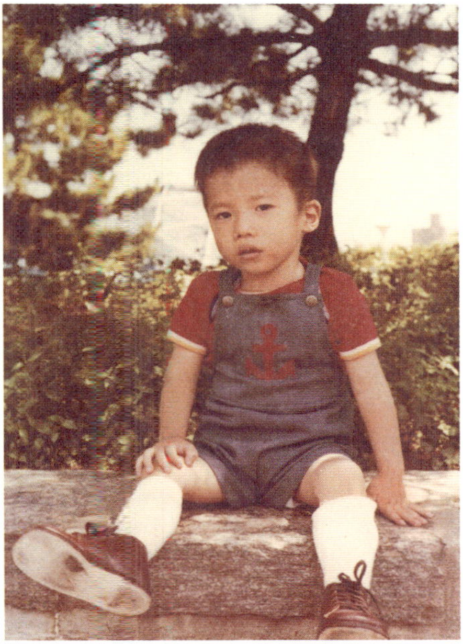

刚学会走路的康培拥有了第一双新皮鞋。

到：蛇年，三月初五，清晨三点二十一分，康培，6.7磅……

在邹陵年轻的时候，在那个充满期待的时刻，谁会预见康培的生命是一颗“定时炸弹”？

谁会想到，随着母子身体裂变，两颗灵魂裂变出了那样奇异纷繁的色彩？

歌词的第二段让我想到正在另一间屋子的康先生——

默默祝愿　遍及七大洋
阵阵清风　林中低声唱
怨尤和猜疑终将一扫光
一个孩子降生到世界上

工程师康海山也有相当诗意的一面。记得那天，我们穿过社区公园的森林，不知道从哪儿冒出来很多踢球的孩子，我高兴得大声喊他：“你看，草地上生动起来啦！”他说：“生命最美的地方，就是给人生生不息的预示。草枯了，叶落了，不是在说死亡有多可怕，而是在迎接绿芽和阔叶，让森林一代一代地生长……”

我曾经把那天的感受敲进电脑：

“好像说完之后回到车里，他就轻松地吹起口哨。是的，只要他的口哨声发出我熟悉的旋律，我会觉得两岸、中美的所谓隔阂完全不存在。对于普通人来说，植根于脑海中对某种文化的共同感动，对世事沧桑的共同体验，对生命意识的共同认知，才是灵魂依偎的必然和可能。”

因为打开了电脑，又看见丽丽的来函。《当孩子降生的时候》便与丽丽的今日此时发生联系。

母爱爆棚的她，一切还好吗？

我非常想把歌词中的第三段送给怀有身孕的她——

玫瑰花丛环绕你身旁
你就站在牢固的土地上
再也没有孤独受凄惶
一个孩子降生到世界上

正沉浸在昨晚游走不息的遐想之中，一阵紧似一阵的狗叫从康培屋子传出来。那种此起彼伏，包括闪闪的意外加入，让我觉得情况有些异样。

“培音，你还好吗？”

我手上握着炒勺，锅还在灶上。

狗狗们继续大声吼，似要与我沟通。

关了火，我赶到康培那儿。

他躺在地上。

见我走来，狗的声音不那么急切了。

原来康培的药瓶滚落到门边，他伸手够的时候摔了一跤。

一分钟以后，康培重新坐回电脑桌前。

狗狗们各自散去。

傻傻卧在康培一侧，享受安谧。

我接着做早餐。

不一会儿，康先生和老张走进厨房。

没有人问什么，我也只是说培培不过来吃了。

清晨的曙光射进来，厨房的气氛温馨、祥和。

初冬的日照不温不火，和人的心情很相投。其实太阳也是一个角色，人们从各自的位置与它交流，而它，观照所有生灵的表现，看谁能把自己的角色演好。

阿秀坎水库・帕琶可屯水库・展览馆

倒计时的日子，人们总会不自觉地从眼下的“角色”悄然抽离。

康海山已经不像10月底那会儿，觉得杨老师需要耐着性子慢慢观察他们的生活。11月中旬以后，我也增加了和国内的通话次数——因为要回到原位接续很多事情。这让人更珍惜在美国的“空隙”，更想把与自然相谐相融的每一分钟填满。

导游康海山会按照节目单内容，在一天里将我送到几个地方。

与附近的库泊湖水库比起来，Ashokan Reservoir——阿秀坎水库已经非常大非常有水源地气派了。

我曾经跟美国公民康海山和张世功发过酸葡萄牢骚：凭什么你们美国人有那么多水资源？

其实这种矫情也就是开开玩笑而已。美国和中国一样，幅员辽阔，资源不均，加州那边，根本没法和纽约州人均四亩森林的地理条件相比。而康海山和康培在2005年差一点儿就去了的圣地亚哥城，那里虽然气候温暖，海洋资源丰富，却是冬温夏凉，降雨很少。

缺水的地方，也缺灵感啊！

站在瀑布飞溅、白练奔放的山坡上，我会一会儿像个老妈妈：

瞧，没有丽丽坚守，你和培培能留在这儿过神仙日子？

登高望远、惬意非常的时候，我又会和他聊艺术：

你喜欢哈得孙河画派的风格吗？19世纪以后传入中国的

2015 年 11 月 17 日，因为山路太陡，我只拍摄了瀑布的中段，但依稀可见油画家眼中当年的景象。

一百四五十年前哈得孙河画派的代表作。

风景油画，多是法国的、俄罗斯的，北美的油画没什么声音。

不过我也告诉他，眼前这条豪气十足的瀑布，我有印象，那是仅存脑海中的一幅哈得孙河风景画。如果 19 世纪的风景画家来过这里，那就意味着岁月没有磨蚀瀑布的青春。

康海山热爱美国，更喜欢听客人赞美他将长存于此的土地，会带着参观的人，把每一处风景看个仔细。

该轮到我感激他了：

“真得谢谢您每天逼我走那么多路，我现在的腿脚和来之前简直不可同日而语。”

那就再去一个可以走上几英里的地方？

去就去。

谁会拒绝亲近没有雾霾没有垃圾没有虚假的真山真水？

在网上能查到60篇与这个纽约水源地相关的论文，它涉及仪器科学与技术、核科学与技术、海洋科学、生物学、药学、机械工程、农业工程……可我只是觉得它洁净到不用过滤我也可以大口饮用。

Pepacton Reservoir——帕琶可屯水库。

这儿天水一色，很蓝，很澄澈，很富有诗意。远远打量，硕大的一湖净水，宛如宇宙之镜仰视天穹。

水面，似被精心擦拭过，有时又给人亦真亦幻、碧海凌波的错觉。

我都有些不相信它被人管辖。若不是长长的堤坝上有人在做健身运动，真怀疑这里是否会有人泛舟水上，亦可猜测这里的水质和大千世界断然无关。听说为保证水源不遭破坏，采取的手段匪夷所思。

正对面，连绵蜿蜒的山丘，优美的弧度仿佛均匀地呼吸着，让大地成了乳房坚挺的母亲。

望了很久，指着对岸树林中数不清的游艇，我问道：

那是装饰物还是私人遗留的东西？

当然是私家东西。

很少羡慕别人的生活，但此刻我不掩饰心情：

要是能经常到这些地方来，我的脾气会变好。

你有脾气吗？

语气里颇有调侃意思。

大家已经是朋友了，甚至是好朋友，但我仍然没有暴露做“总导演”养成的恶劣体性。

所以懂得见好就收，让你们一家以为我只有温文尔雅那一面。

杨老师，年岁大了，别做导演了吧？你以后每年到骊村来写书，我也可以继续给您当司机当翻译。

哈哈！

这种话，就好像听康海山用四川话说“龟儿子”“格老子”，很亲切很入心，但当不得真。

人在大自然面前是孩子，纯是真的，忘记世俗压迫更是真的。

可我仍然感动。

从堤坝往下看，水库附近有个很大的弯曲道，路面上像轨道一样的图案，其实是为行车安全而专门画的。

我经常从这个角度瞄一眼伍德斯托克。

大家的生活轨迹太遥远，没有康培这个让人操心又动心的奇迹，他们家哪里会出现个刨根问底的杨老师？

从大坝走到停车场，已然黄昏。康先生眼睛不好，靠稳定的心态和高超的技术追赶时间。当汽车进入伍德斯托克，我发现灯光闪烁的镇子又是一番风情。

白天的伍德斯托克，优雅中点缀着活泼，夜晚的伍德斯托克，有着卡哇伊的俏皮。就像以往许多次，康海山对突然要求停车也有一绝。他将车稳稳地靠在马路一侧，让我非常安全地、时间充足地拍下镇子中心的私人展览馆、特色小商店、树影婆娑的街角……

尊重人，唯恐不能帮到朋友的“勤务兵”心境，是康先生的气质标识，让人心里暖暖和和而无法开口对他致谢。

有时候我会不好意思，甩上一两句“需要做什么”的说辞。因为有一些我觉得必须采撷搜集的内容，未必能扭合进眼下要写的书，那或许是我今后工作可能借助的素材。

猜不出这些商店是不是赚钱，但是总能感觉到店主的心情似乎挺不错。

这是镇上一家私人展览馆。

但这种时刻，康海山生怕你有顾虑反而更加殷勤。

他就是这样一个人，可以消隐在欲望与功名后面，看日升日落，品人来人往。

真不知道此人的任督二脉是怎么打通的。

在奥巴马执政的日子

康海山说他相信自力更生主张，因而在年轻时候加入可以“做点儿事情”的共和党。尽管没什么党务活动，但他承认这个政治身份。

我是中国一个多党派家庭中的无党派人士，自己并不热心参政。有一次在饭桌上听康先生说本来想去台湾给洪秀柱投上一票，心里还笑了一阵：

多单纯的一个人！

“现在她不代表国民党参选了，我也就不去了。”

曾被我窃笑过的“幼稚”的参政意识，在我和邹陵深入接触后，在我彻底接受他们一家是美国人后，不仅打消了偏见，而且对那种真诚有几分懂得。

康家人每一个都性格鲜明。性格往往让他们发生感情冲突，然而直言、开放、有文化、有激情，又让他们成为一群优秀的纽约公民而脊梁挺拔。康海山、邹陵、康培，也许康容也是同样，每一分钟都以自己清晰的价值观做出事物判断——无论成败，无论悲喜，不会颓唐，更没有无聊的体验。

就像走进唐人街的邹陵所说，既然大家喜欢美国的福利、愿意享受美国的生活，那我们就要像做自己的事情那样帮助政府。

他们夫妻参政议政的天真无邪，把自己认为“对头”的事情一做到底的态度，确乎一以贯之，不可亵渎。

没有政见分歧的康海山，现在已然妻子的政治粉丝。

晚餐后，我正和康培、张世功聊天，康海山从楼上下来，很有几分亢奋：

“杨老师，邹陵他们又有大成绩啦，我给你翻译出来，你要看吗？”

康培立即回他的屋子，让我和他老爸去支持奥巴马。他相信杨阿姨也欣赏奥巴马的开明，欣赏他推行新政的决心与魄力。

他和妈妈对奥巴马，怀有恨不能将他留在政坛的惋惜和敬意：

“杨阿姨，你注意到没有，他的头发都花白了。”

我认真看了那几项可以作为成就的大事，在心里计算着奥巴马执政的时间。如果他在总统职位工作到2017年1月，邹陵和她的团队，得他支持（或他们支持奥巴马）的时间最多还剩400余天。所以，因助选而得到总统接见的邹陵，有种机不可失时不再待的紧迫感。

我注意到这个公益团体行文的语境，虽不敢说句句锦绣，但言简意赅，诗意盎然：

联合行动团的使命

我们是一群要塑造公共决策的志愿者，我们组织和动员志同道合的公民团体以达到这样的使命。我们反对继续对化石燃料的依赖，包括煤、石油、天然气和核能维持我们的生活。我们主张，用再生能源同时节省能源和提高能效。我们努力提高公众意识，认识极端化石燃料的开采带来的风险，如水力压裂法取到的天然气和石油是不可接受的，更不能通过扩张石化燃料基础设施。这些做法都是有害于我们的水、空气、食物的供应环境，它们危害我们的健康、我们的生存，而导致全球变暖和气候混乱。我们要呼吁大家，团结起来采取行动，以实现更安全、健康和可持续发展的未来。

我们的愿景

我们来自各个地方有不同的背景。我们相信，我们专注的行动可以改变世界，给子孙后代一个更好的地方。我们欢迎每一个愿意用和平方式共同努力实现这目的的人，不分种族、信仰、民族、性向，或残疾。简单地说，我们爱这个世界，相信世界会更好。

看邹陵做得那么起劲，我曾问她会不会参加参议员竞选。她的才干和威望摆在那，还真有不少呼声。

但是康培说，不行，我妈不能当选。不是选不上，而是她太直，太正直，干不久的。

知母者，莫过子。

联合行动团的标识

第二十三天

11月18日

以后，还会不会有精神生长的能力

参观垃圾场本不属“节目单”范围，但我算成体验康培“开心地活”之一个侧面。康先生记住了我的心愿，在我离开美国的前一天，很早就带我出发。

与教堂、邮局、加油站、消防队、菜市场等一样，垃圾场也是美国乡镇生活的标配。几乎每个大一点儿的村庄都有一家垃圾场，小的村子便两三个合用一处。尽管落叶无数，水流多头，空气中绝对没有腐败和发酵产生的臭味。

康先生说，凡是可以变为肥料的有机物，人们在家里稍做处理就留为自家种菜用的有机肥了。

怪不得出门时他把一袋厨余留在家里。

不是亲眼所见，想象不出美国乡村的垃圾场怎么会如此秩序井然。

大门口设了管理岗，进门时，只要为一种有污染的垃圾缴

美国乡村的“标配”——那个大铁环，是这个乡下消防队的文物，也有超百年的历史了。

费，其余的，将车开到不同的倾倒箱自己动手一一倒掉就是了。康先生搬动大垃圾桶并不吃力，背影像个四十几岁的人。他动作娴熟，先倒包括鸡蛋盒、物品箱等纸质垃圾，再倒瓶子、罐子玻璃垃圾，然后是装优格、牛奶容器什么的化学垃圾。

抬眼望去，青青的山坡上伸出一个个烟筒一样的白色铁探头，康先生说，那是给焚化后的地下垃圾留的出气孔，堆在地下的垃圾一旦蓄积太多沼气，会引起爆炸的。

一个牵狗的女人在山坡上跟我打招呼，这里的人碰面都互致问候。前些天我还碰到个开车的人，故意停下车告诉我狗狗好漂亮。那天被夸赞的不是英俊的闪闪、可爱的傻傻，而是皮毛已经不怎么全乎的菲菲。别以为这是虚伪，或是找借口跟女士搭讪，那真的是在传递友善。

也许美好的环境对人的精神浸润就是这样，朴素却不冷漠。

秋天的树木在道路两侧列队，褐色加重了，威严得像受阅

也就是个木头遮掩下的标识，但气派、醒目。

的士兵。见我总是盯着树木看，康海山又念起他的植树经。他说和邹陵去厄瓜多尔的达尔文岛旅游，一开始不理解为什么不允许直接登岛，后来才知道是怕旅游者污染了环境。当被专门的小船送上岛后，每个人都要在那儿栽种两棵树。

“真是想得周到！”

“杨老师，利用你的影响，回到国内也做这样的策划不好吗？”

当然好。但情况不像他想的那么简单。

这些年我集中精力参与推广海洋文化和爱心音乐教室，经常感到做成一件事情好难，稍一松懈，就会流于形式。

难归难，我仍然诚恳地向他点点头。

他将我视为同道、能人，以为我执行力很强。这已经让我受宠若惊，还有必要掰扯国情差异吗？

每次见我沉默，康海山都会制造快乐。他想起丽丽的嘱咐，赶紧说：

“丽丽要我们给你买礼物，你需要什么？”

不需要，真的不需要。

头一回在一个富裕的地方久住而不消费，二十几天不吃巧克力、不买稀罕物，没觉得有什么不好。

在纽约地界不进大都会、百老汇，更不进专卖店采购什么包包、香水，我是抱定了一种状态来“深入生活”的。

“我们也不好问，这么多天，你没进美容院、理发店，是不是跟着我们当了回乡下人？”

我笑。

哪有这么豪华的乡下人！

我可是住过有虱子的炕，吃过没油腥的菜。

但这些话扯远了。

我告诉他自己的保养秘方：

“为什么会那么痛快答应到你们这儿来？就是因为，一个全新的题目会让我感觉自己脑子没退化，精神在生长！”

哦。他有了新鲜的感奋：

“你最关心的是有没有精神生长的能力，这和修行修为并不矛盾。”

一谈到修行修为，我就心虚。因为福报啊、衣被啊……佛文化在我这儿稍微一展开就觉得语境不搭界。

还是别露怯。

借着进商店买东西，我扭转话题。

“要走了，我得好好宰一次东道主。”

选了一块 15.99 美元一斤的雪花牛肉，我故意开玩笑：

“精神的生长，也得有物质做基础！”

为什么要改动名字

11月18日，《跟着康培混世界》即将转入酝酿写作阶段。

从一开始我就知道，不能沿用那种宏大的叙事。这本书，既不是老套的家族故事，也不是臆想中的华人奋斗史。拔高题材去追思、探寻、怀念，未必合适。

当然，我更不会做成一部医学界的“警世恒言”。

让康培活下去的妙方是爱，是具有社会学意义和伦理学概念的情爱绵延和生活方式。

如何将康培生活圈子的点点滴滴絮进一种文化、一种精神、一种生态，如何在展示生活流的碎片中，建立文学的尊严，既可以悠然，也可以严苛……

正一边收拾行李一边琢磨着，康先生轻轻敲门：

“杨老师，培让我告诉你，影响他成长的九个女性，他要把两个年轻的女孩子换为婆婆和奶奶。”

康培的血管里，流淌着这两个女人的血。最重要的是，奶奶给了他非常多的生活智慧；而婆婆，则用全部生命让他领悟人不能这样活。

我曾经这样理解手中掌握的素材。

婆婆吗？

那个他多次作为家族反面教材的已逝老人？

我吃惊的不是奶奶，而是……

必须立即追问。

是的。他认为这个人对他，不，在他的生命里很重要。

我愣怔了一会儿。

我不是来撰写家族史，更不是帮助续宗谱，只是走进他们

水面波澜不惊，并不意味着底下没有深潭。

的生活，要把看见的思考的装进一本面对社会的书。

不过，我确实认真索要了康培的关系人名单。是那些人的爱恨生死、成败输赢和与他发生的交集，让我能够在昨天和今天中穿行，观看。

只有让那些已逝的场景沁出本真，我才能饱含理解来娓娓叙述。

康培是要暗示什么？还是要在康家和邹家之间寻找平衡？抑或还有别的企图？

他曾一再对我说，康家人好，每个人对他都好！言外之意，都挤在那个蹙眉耸鼻的表情里。

康培的婆婆，也就是习称的姥姥或外祖母，名叫冯德福。

她是民国时期的清华大学生。抗战时，在西南联大结识了杨振宁的同班邹克定。已是助教的女教师冯德福，勇敢地和小自己好几岁的学生恋爱结婚。1950 年他们去了台湾。

曲曲折折，这对夫妻定居美国纽约，并在市中心有了一套

140 平方米不错的公寓。按理，也算是过上让人艳羡的生活。可他们的婚姻没有走到头，大儿子和二儿子也没给她带来多少福气。晚年，冯德福女士和她最优秀的孩子——女儿邹陵一家在一起过。

女儿是个强者，学识高收入高地位高；女婿温文尔雅，勤恳做事，对她更是从无顶撞。但不知为什么，天性中的忧郁在岁月里积淀成心里解不开的仇恨和愤懑，她那没完没了的碎碎念，除了夜间发出惊人斥骂，整个白天，负面情绪也笼罩着一个家全部的空间。待到康培懂事，婆婆的身体也糟糕到需要被人全天候服侍……

家里有这样一个备受折磨又折磨家人的帕金森症病人，小小的康培，只能退而次之，可他也随时会有生命危险。尽管女婿康海山拿出很多时间做家务，也做不完一老一小吃喝拉撒需要服侍的全部……

不得已，女儿女婿找到冯德福离婚的丈夫、康培的外公邹克定。外公说，一老一小都是病人，既然不能求全，就送婆婆到她最喜欢的小儿子邹游那儿去吧。

三天后，当医生的邹游将他的母亲送到养老院。

从此，这个有儿有女的老人，在养老院病床上清楚地倾听、扫视，却一点儿也不能接触窗外的冷暖悲喜。苦熬八年，最终在冰冷的枯寂中撒手人寰。

八年里，康培和康容多次去看望，也顺便看望了其他老人。在康培眼睛里，婆婆是养老院中活得最痛苦的一个。她不仅一点儿也不能动弹，而且一分钟也离不开止疼针。

最无奈的是，这些针剂不可能消解她内心的仇和怨。直到最后一刻，冯德福也没同她生活过的世界和解，更没有用哪怕一点点真爱与家人相互慰藉。

记得有天晚上康培对我说：

“感谢婆婆，是她让我坚定地采用现在的方式生活。不用自己的不快乐去伤害别人，不依赖所谓现代医疗苟延残喘。”

我在想，女儿邹陵恐怕忌讳书里写下她母亲的晚年惨状。而且我也知道，婆婆生病前，为照顾外孙也和别人家的老人一样，让康培和康容通过她的手，感受过隔辈关照。

涂了口红的冯德福老夫人在为培培过生日。

但作家康培对老人的感念，不是温暖的细节，而是一个堪称残酷的哲学概念。

在他看来，婆婆用不宽恕别人的刻薄，置自己于万劫不复。也是婆婆用深刻的痛苦，启发他抽象出“对生命最大的尊重，就是要开心地活，舒服地死”。

“像婆婆那样”，差不多是康家人的一个咒语。

“不要像婆婆那样”，则是对所有女性的一个提醒。

伍德斯托克有个可爱的电影院

傍晚吃饭时，我提请主人："可以去一次电影院吗？这可是跟着康培混的压轴节目啊！"

啊，怎么把这事忘了！康先生急忙搜集信息。

每次出门，康海山都要介绍这里那里，我拍摄的照片，有教堂、书店、柴房、猪圈，有森林果园、池塘溪流、水果蔬菜摊，有私人展览馆、造型迥异的别墅，和让取景框能咔嚓咔嚓收进去的各种各样美国印象，唯独没有与我的第一职业比较近的剧场、电影院。

秋雨萧萧，车流匆匆。

我们冒雨到伍德斯托克电影院去看今天唯一的夜场。

这里几乎称不上霓虹炫彩、光影流转，暗夜中，几串垂吊起来的小灯泡和几张贴在墙上的海报，交代了这个低矮场所现有的身份。

没停车前我说，如果人少取消放映，我就拍几张照片回去——总算记录了完整的小镇生活。毕竟，电影工业是美国的支柱产业，有 200 多年历史的镇子不能没有诞生 120 年的电影放映地。

没想到，很多妇女在窗口买票。那份拥挤，在我滞留伍德斯托克的日子里前所未有。只有很少几位先生，显然多是陪同夫人。最后入场的是个年轻母亲，也只有她带了孩子——10 岁左右的女儿，捧着爆米花在找座位。

海报上的三位主演，有我最喜欢的梅丽尔·斯特里普，我想很多女性观众因她而来。可她在影片中戏份极少，基本属于打酱油的，但衬托了年轻演员凯瑞·穆丽根，让一出没有爱情

电影《妇女参政论者》在中国不会有票房，但喜欢梅丽尔·斯特里普的影迷，还是会买票去看。

没做3D处理没有华丽服饰的女性戏，精彩纷呈。

这儿的音响也一般，但气氛好极了，场内坐了一半多的观众，全是屏息凝神。康先生没法做口译，不断等待机会。我压低声音告诉他，看得懂的。

电影是根据英国20世纪初的真实故事改编，讲述女性为争取妇女选举权而进行的斗争。这部影片也像雨果笔下的《悲惨世界》，苦命的主角始终被一双鹰隼般的警眼盯住不放，因此，戏剧张力很强；导演处理阴阳平衡颇下功夫，对人性黑洞的揭示，对主人公成长的描写，都十分有看头。

我正沉醉于观影的享受之中，突然听到手机铃响。太可恶了，是谁？只见康先生面色赤红，用眼睛瞪着我。什么？怎么会是我？

一瞬间，真是手足无措。这样土豪级别的错误我在国内从没犯过，但离开美国前夜还是出了大洋相！TMD（原谅我说粗话），电话是从菲律宾打来的，我哪有什么菲律宾关系？

当我处理结束，才发现重新微笑的康海山同志也是有脾气的。

还好，电影很长，时间帮我解除了刚才的尴尬。

放映结束，滚动字幕一直优雅地慢慢滚动，此时，没一个人起身掀凳子，就连那个很小的小姑娘也和大人们一起，煞有介事，继续仰望银幕。直至看完，亮灯，人们还意犹未尽地坐在那儿。

这时候我才对康先生开口：

“太棒了！”

“你全看得懂啊？”

“我是说观众。他们的文明教养让人感动得想哭。”

回去的路上我跟康海山说，在国内我经常遭遇影院工作人员讥讽：“人家都走了，就你一个人盯着字幕看到底，也没个图影，有什么好看的！”

“可您知道吗？字幕上的每一个字，导演和制片要权衡多少利弊？就连司机和厨师的家人，都要从那里寻找尊严。甭说幕后英雄、投资单位、过世的参与者……哪个名字放在哪个位置，那一行字用什么字体，还有最后的音乐……都要绞尽脑汁。

“完整地看完字幕，是对创作团队的尊重。”

康先生听得目瞪口呆，一脸学生相地感慨：“杨老师，听您这个内行这么一说，真是又长了学问。”

闹得我不好意思了，好像借故在卖弄。

我回过头，长时间望着矮矮的、一点儿也不张扬的伍德斯托克电影院。

那些可爱的观众，显然让伍德斯托克这个古老的镇子更有魅力了。

即使在夜幕中，这个小镇依然有魅力。

第二十四天

11月19日

世界正期待着，期待一个孩子的诞生

半夜醒来发现，胸前扣着薛范先生的大作。

已经有几年没翻过《世界电影经典歌曲500首》了，贴在胸前的依然是138页。大概心里回荡着《当孩子降生的时候》——那旋律将人引入空旷的原野，生出既原始又不着边际的遐想。

世界正期待着，期待一个孩子的诞生。他的肤色是白、是黑、是黄，没有人知道。但那个孩子将长大，他将化眼泪为欢笑，化仇恨为爱情，化干戈为玉帛，使人人和睦相处。

苦难和不幸——将被遗忘，永远遗忘！

这首歌给了我一个特别甜蜜的梦，醒来后内容模糊，只有很好的回甘。

也许那个梦，已融入我书的主题。

听见楼下张世功的声音，心里涌上几分不过意。

这位仁兄对我尚未写出来的书充满期待和预见，我却总是给他狂热的情绪泼冷水。今天我们即将再次分别，真该好好聊聊。

张世功的大酒窝盛满了他特有的“心花怒放”，一把拽过我，像上了报纸的头版头条：

“杨导杨导，康先生私下对我说，他和康培认为你是一个高尚的人，有品位的人，应该打一百分的人！”

我朝他瞪眼。

怕我说他忽悠，他又一本正经复述一遍。

好吧，权且信了。

背后说的悄悄话，怎么肉麻都不大会掺假，何况是康海山同志在我们即将“散伙”前说的。

这段语录，相当于对我的盖棺定论。

早餐桌上，发生了一件更让我意外的事。

康先生饶有兴趣地向张世功介绍昨晚上的电影《妇女解放之小兵》（中国大陆引进时，片名译为《妇女参政论者》），他绘声绘色，生动且准确，正好释然了我对一些细节的懵懂。

我说，这部电影的主题在我们那儿会归纳为妇女解放运动之先驱。讲到深入处，我用了“解放后”概念，又提及最近几年妇女运动的某些退步。

“‘生得好不如嫁得好’竟然成了大陆的新流行！”

“女性不重视自己的选举权……”

康先生接过去说：

“选举权 1949 年就解决了吧？”

“对啊！”

“可你们那儿有什么可选的？”

……

在自己家和朋友对话，康先生自然、放松，隔着桌子，镜片后的目光单纯而无邪，绝无城府心和让我出窘的任何意图。可倏然间，我觉得与他相隔的不是一两米的桌间距离，而是余光中笔下“一湾浅浅的海峡”。

我笑着：“原来这就是你对大陆人权的基本看法？”

张世功打哈哈：“别说了，再说杨导就得做报告了。”

我怎么会不理解康先生的真挚和正派。

我并不觉得自己生活的地方好得不允许别人臧否，我自己的不满也是随时流露于笔端、讲台。但就像评价慈悲良善的父母，我只愿意让自己对他们发脾气、摔东西，再主动挽着他们往前走……那种贴骨连心的感觉，是无法形容的。

蓦然间，是什么疏离了我与康先生的无缝交情？

两分钟后，气氛归于平静。

如果连我们这样的人，都要对随时产生的分歧——就事实而言算不得分歧，只是了解和理解的问题——而剑拔弩张，世界上的战火将分分钟点燃。

本是同根生啊……

和而不同，述而不纠，畅所欲言。

只有做到这样，才能建立真正的友情。

窗外，冷雨飘飘。

今天不能遛狗了。

我走到闪闪那儿，轻轻抚摸它，心里对它说，如果不能再见到你，是新的生命取代了你。希望你走得舒服。

菲菲在厨房发出娇滴滴的哼哼，我去拍拍它，有很多话要对它说，包括嫌它丑而轻视过它的一声抱歉。是它，在康培崩溃倒地、痉挛缺氧时，第一个大叫，报告给另外两条狗和周围的人。三年前闪闪要死的那会儿，是它主动接过“头号狗”责任，并重新教闪闪如何捡起原来的本领来帮助培爸爸……当衰老的闪闪又开始能够救康培以后，它就教新来的小狗傻傻。它还能活多久？它听得懂康培那句 Be Joyful, Comfortable with Death ?

但对傻傻，我在心里存了期待。如果有一天，真的能把镜头对准当思廊桥，给康培做超越“九年”的纪录片，我希望它陪着丽丽站在骊村第一主人的身边……

那时候，在阳台上做鬼脸的，该是大康、小康、丽丽，和已经长大了的它吧？

我真的会回到当思廊桥。不过，想象不出以后的日子怎么演变……

把冰箱装满

2015 年 11 月 19 日是个分水岭。

我要回万里之遥的中国去；康先生回纽约与邹陵会合然后去四千里外看望妈妈，再出席陈丝如的婚礼；张世功利用休假到儿子家中做客。

骊村只留下康培和他的三个狗宝宝。

直爽的康培绝不避讳让我们知道：他盼着家里出现这样的清净。

我想他正写在兴头上。

多数情况下，康培的物理生态打破了一个人类生活的基本定式——“世上的爱都以聚合为目的，唯独父母对子女的爱以分离为目的”。

由于身体原因，康培没法不拖累已经与他“连体而生”的父亲。但也是出于灵魂需要，只要有一点儿可能，他愿意和普通人一样在分离的定式里做最好的自己。

这是我跟着康培“混”得如同家人后，看到的所谓残障人的尊严和力量。

张世功清点冰箱食物，尽管他已经蒸了好多馒头，煮好的大饺子还可以吃上好几天，但还是告诉康先生有些东西需要买回来。

我的行李已经收拾好，只留下便携式电脑在写字台上。在美国最后的一个白天，很高兴再逛一次“太阳霜”商店。

一盒金枪鱼，一棵大白菜，一个紫茄子，成桶的优格……用这些东西补充营养，康培会过得很好。

想起很久远的那一年，康家人对孩子降生的期待。

我翻拍了一张珍贵的老照片：邹陵趴在床上，深情地注视小小的培儿……

其实，无论期待一个孩子的诞生还是期待一部作品的问世，都是一样的。

期待本身，已经幸福满满。

人间母与子，有时候比悬挂在教堂里的传世佳作还要美。

惦记我的人也被我惦记

临近中午回到卧室，发现邮箱有信。是丽丽写的。她清楚我的行踪，已经说了好几次“谢谢”“感恩”“辛苦”，在最后的时刻，却匆匆忙忙发来一封似乎无关紧要却是她想让我放进书里的“伊妹儿”。

杨阿姨，您好！

我忘了跟您介绍我们舟山的杨梅是全世界独一无二的。虽然在中国极少数的地方也有杨梅，但没有舟山的好吃。

舟山杨梅个大、汁多、肉质细嫩。每一年的7月底成熟，只有一个星期时间。新鲜的杨梅不容易保存及运输，所以其他地方不容易见到。杨梅需要的气候及土壤又很特殊，所以只有舟山才能出这么优质的杨梅。

舟山的风俗，家家户户都会泡杨梅酒。不但好喝，还可以药用。如果肚子痛或肚子不舒服，几颗泡了酒的杨梅吃下去，立马舒服了。小时候嘴馋时，有时会骗奶奶说肚子不舒服，奶奶就会把杨梅酒拿出来给我几颗杨梅过过瘾。

舟山是丽丽出生的地方，奶奶是她生命的榜样，而舟山杨梅，早就被我视为她的象征。这封“伊妹儿”让我开心也让我担忧：为什么这时候要提起“不容易保存和运输”？

我不是个迷信的人，但对于形象比喻，多有小心。也许我生性多愁又很女人吧。

时间虽然充足，我却只给丽丽回复了一个“笑脸”。

要知道，康家，骊村，是以恭候盛大节日的心态，在期待她的降临。

还是在心里给她唱那首歌吧：

玫瑰花丛环绕你身旁，
你就站在牢固的土地上，
再也没有孤独受凄惶，
一个孩子降生到世界上。

纽约上州，那个有43种树木的乡下，那个被我起名为骊村的别墅，安静地歌唱着自由。

康海山说：最好的保养是不贪恋物质

12点45分，我们陪康培去看牙医。

美国乡村的牙医也是要提前预约的。这次，我记得起码预约了半个月，可见公路边上这间专科诊所生意挺不错。

穿着整洁得体的康培坐在门厅，如不特意说明，谁也看不出他是个足不出户的病人。他健康，有教养，笑得很灿烂，招人喜欢的样子像刚出校门的大学生。

诊所的狗狗很摩登，和同样摩登的几个女病人一样，一颦一笑都能扫除空气中的阴郁。

终于轮到康培了，我和康先生坐在门厅，接续已经不需要任何客套的聊天。

还是思想飘零的碎片，还是无厘头的人生感悟。

他说昨晚上妈妈在电话里告状，说陪她的看护一向很好，最近却开始偷东西。

“肯定冤枉了人家。有必要偷吗？那个人经常拿自己的工钱给她买东西。”

我想起自己母亲离世前最后几个月，突然人格坍塌，做事说话没了那让人极为欣赏极为敬重的“人淡如菊”，还挥手扇过保姆耳光。

“医生说因为小脑萎缩，行为失控……”我用自己的家事来开导他对老母亲的担忧。

他摇摇头，说了番对我而言非常有价值的临别赠言。

“中国女人，我们的母亲，她们经历过战乱、灾荒，很多不幸，脑子里留下深刻的经济拮据和没有钱的记忆，所以她们特别在乎身边的东西，生怕再一次失去。

在熊寸牙医诊所候诊的康培。

“凡是惧怕受穷的人，就是做了百万富翁，也会露出乞丐的穷相；若是想清楚钱是个什么东西，只要生活过得去，就会有简单的快乐，脸上的光不比百万富翁少。

“所以，我们这些开始注意保养的人，一定要从不贪恋物质做起，把清贫当成单纯的快乐。衰老到最后，可以让身体被时间领走，但不能让精神丧失尊严。”

我好半天没有话接上去。

康先生不会对人旁敲侧击、含沙射影。这个品质洁净的“做风筝人”，更从没把我当风筝在心里摆弄过。但此刻，随便拉扯出来的家常话，却让我振聋发聩。

“我只想过用多动脑筋躲避可能会遭遇的老年痴呆，从没想到‘最好的保养是不贪恋物质’。”

“谢谢您，康先生。”

他怕我还要再说什么，提议去拍点儿照片。因为主治医生已经提出来想买一本杨老师写的书。

哦，好啊！

还有比读者的期待更令作者快乐的？

还有比结交康海山这样灵魂高洁的朋友，更让人觉得“深入生活”很划算？

黄诺曼，
一个长得像李叔同的美籍华人

10 月 28 日第一次和康培聊天，黄诺曼的名字就出现在大康和小康嘴里。

康先生替我约了许多次，确认的会晤时间，竟然是我最后归国去肯尼迪机场的途中。

这个人要照顾家族生意。北京有他们家开在中国的最大的面粉机械厂。在中美之间穿梭，他忙得无法分身。

大雨瓢泼，纽约的街巷亦不好行车。关键是他们家的大房子康先生没去过。

幸亏没出现雨洪，但飞溅的雨水还是让寻寻觅觅变得行路艰难。本来康先生和黄诺曼已在街头打了照面，但遵照单行交通规则，又让我们的车在富人区转悠了半个多小时。

进到屋里，望着那张谦卑的笑脸，又被黄家令尊令堂安排坐下，恍然觉得，刚才的艰难寻找，除了累到康先生，对我却挺值的。

无法用普通话交流的黄诺曼，坐下后，就变成活脱脱的弘一法师——李叔同！

我忍不住告诉他，你长得真像李叔同，一个对中国现代文明有相当影响的博学之人。

他说我知道这个人，在我修行的地方，挂着他的头像。他的字很特别。

一团和气的面容，宁馨温和的眼神，驱散了我为时间紧迫而生出的躁气。

坐在很大的圆桌前，呷一口清茶，聊几句康培，亲亲热热，心头好舒坦。

显然他早有准备，既等待我提问，又想让“自己再说一些”。

康先生不失礼貌地提了一句飞机时间，他也礼貌地告诉我们他会加以控制，但说话间已经掏出写了很多英文字的一张纸。

“培在我心里，是个老灵魂。

“佛家相信，人没有真正生下来，死掉就是回去，从身体上解脱了。

“如果他这一世没有成佛，希望他下一世会有个好身体转来。如果下次来，定有个很好的修行结果，会成为全世界的名人。”

一句一句，字斟句酌，但还是让人听得丝丝入扣。

回答完我的三个问题，黄诺曼自己“开讲了”。

作为康容的同学，富有的俗家子弟，他已经是个成熟的企业家。面对长辈和采访者，虽心存小心，仍出语惊人。

他让担任翻译的康先生几次热了眼睛。我猜想，恐怕康叔叔在心里嘀咕：“这是那个到我们家冰箱里翻东西吃的娃儿吗？”

“你看康培的身体，在街上是不想多看一眼的人，没名牌，头发呲着，手机都不用。真正知道他，灵魂却像个王子。他不是讲得很清楚，却有高贵的气质，有皇家傲气，是从心里流出来的傲气。傲气不是骄傲，他是谦虚的人。他觉得重要的事情，自我标准很高，道德标准很高。他从来不需要别人见证，自己有评价，要自己对自己满意。

“他是在意朋友的人，会不顾一切尽量去帮助人家。不是身体原因，很难找到如此忠诚的朋友。

“为什么培有皇家傲气？独立，不觉得自己需要任何人，

黄诺曼，一个非常希望做和尚但目前守候着家族企业的纽约人。

弘一法师——李叔同先生

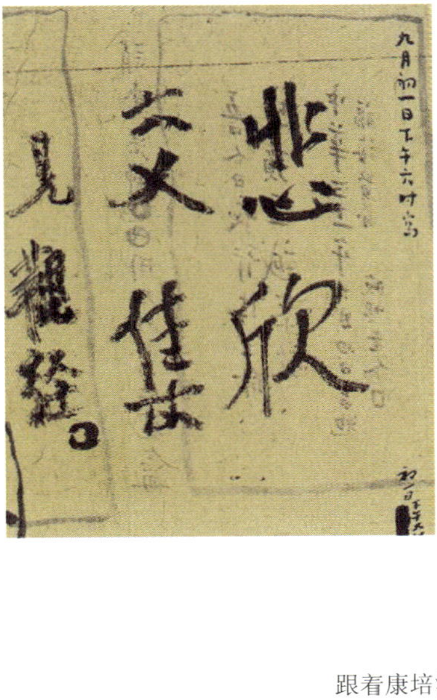

身体之外，不靠任何人。他永远是正面的！

……

“很感谢康培在我的生命里出现。过去的生命在一起，才会有今天这个相遇的机会。一定是的。”

剩下最后一点儿时间，我们跟随黄诺曼参观他的客厅、健身房、储物间、篮球场……浏览墙上悬挂的那些书画真迹时，我思绪跳跃着，蹦出来一些哲学议论：

理学创始人张载，就是那个写“为天地立心，为生民立命，为往圣继绝学，为万世开太平”的宋代思想家张载，好像说过这样一句话：“德性所知，不萌于见闻。”

我理解，他是在说人要安顿生命，安顿世界，安顿自己，并不一定靠自己都经历过的体悟……

眼前这个年轻人，没有我们的阅历和经验，却沉稳如石，超脱凡尘。也许，在学佛的感悟中他放空了自己，而又对人生苦难不做矫情纠缠。

可爱的黄诺曼，他的样子叠印在我敬仰的弘一法师面孔上，让我对纽约有了一种不曾有过的探究之念。

但是，纽约，我马上要飞走了。

再见，纽约！

24天前，在肯尼迪机场出口，我在人群里寻找陌生的康先生；24天后，重新来到肯尼迪机场，我却要向好朋友康海山挥手告别。

是怎样的缘分，让完全不搭界的人，混成无话不谈的朋友？难道就像黄诺曼说的，是“过去的生命在一起，才会有今天这个相遇”。

但我更愿意相信，是康培，为回报他得到的人生大爱而创造了今天的奇迹。

不用送啦。

一回头，我融入人流。

都是有事情做的人。何况，康先生不是“酒喝干再斟满”的骑士，我也不愿对他发“相见时难别亦难”的感叹。

坐在登机口，想起那天下午，在大连周水子国际机场，我为自己没有“兴奋”而沮丧。此刻，却是一肚子的感慨在等待酵发。康培的著作已经被郑重放进行李箱；跟康先生要的京斯敦“透水铺装”小石子儿，揣在衣服里；我还有意识地将“500首”塞进手提袋，让它陪我一起登机。

飞机要绕行白令海峡，回程时间远比从中国飞美国要长。

此刻，萦绕于心的还是那首《当孩子降生的时候》。

……

眼前，一点点浮现恩典教堂圣洁的烛火。

奇怪，怎么会一次次拒绝去纽约自由塔？

是因为深入到纽约人家庭就不需要用一般的识别符号来了解这座城市？还是这个家庭代表了纽约的精神而对它的外在形

丽丽和康氏一家。

象忽略不计？

邹陵，像长女般关心纽约的空气水质食品卫生。她操心不老地，旷日持久地，要让纽约成为世界城市环保的典范。她爱纽约爱得炽热、执着、无私，她相信世界会更好，纽约会更好。她的所作所为，代表了纽约的良知。

康海山，纽约给了他生命的舞台事业的天空。他用东方的睿智、西方的胆识，在这里建设家园，呵护亲人，贡献社会，广交朋友。他以灵活与丰盛给孩子树立榜样，以坦荡与达观化惊险于安逸。不管他怎么谦虚低调，人们还是通过他认识了纽约山海般博大的胸襟。

康容，纽约养育的青年才俊。无论读书还是做事，无论当儿子还是做兄长，乃至成为丈夫、女婿、父亲，他都够资格够杰出。他的每一个成功，都诠释了一座伟大城市在年轻奋斗者身上的投影。他是纽约的精灵。

康培，一个不幸的幸运者，一个与纽约的命运，纽约的遭遇悲喜纠葛的生命。他从容地面对死神造访，开心地在天地间奔放灵魂。当他的科幻“9·11”成为灾难“9·11”谶言，当他从“僵尸”变回“勇士”，他的生活态度就具有了传播的意义。他堪称纽约城市的活力小子。

良知：胸襟，精灵，活力，这一家人集合了纽约精神的至善大美，很棒很棒！可谁能象征纽约的未来？

把这分责任压到丽丽的肩上吧。

从懵懵懂懂讨生活，到不拘一格做生意；从飞蛾扑火救康培，到灵巧可人进康家——都是山野村姑嬗变为都市女郎的“机不可失”。率性与勇敢，多变与坚韧，让她在纽约这个多种族多信仰多民族多性向的城市，深刻懂得，什么是“时不我待”。未来，当属于丽丽和同她一样不甘平庸的同类。

也可能这就是答案吧！

不去自由塔观光，是我深入得太多而无暇得空。

午夜，空客A388在太平洋上空穿越，飞向地球的另一端，那里秋阳和煦，正晌午呢。

虽然此刻一切是幻想
总有一天会如愿以偿
人们期待着出现新曙光

一个孩子降生到世界上

萦绕于心的歌，带着我的祝愿汩汩流淌。

康培，没有人管你，你还在那儿敲键盘吗？

我可爱的狗狗们啊，杨奶奶会想念你们的……

再见，我的朋友。

再见，亲爱的纽约。

曾听人说，如果你爱他，就把他送到纽约，因为那里是天堂；如果你恨他，就把他送到纽约，因为那里是地狱。

在我眼里，纽约不是地狱也不是天堂，它就是追梦人和恐怖主义者都盯着，财富和精神一起疯长的地方。

纽约，在和平的天空下。

图片来源

本书图片由康海山、杨道立拍摄。其中选用张世功三幅及少量网络资料。历史照片则出自康家家庭影集，特此说明，并致谢忱。